"우리가 사는 방식은
우리의 생각에 의해 결정된다."
– 에픽테토스 –

프롤로그

서른 살이 되었을 때 나는 아무것도 이룬 것이 없었다. 무기력함과 우울, 죽고 싶은 마음이 들고나서야 겨우 회사를 그만둘 수 있었다. 인생을 다시 구렁텅이로 몰아넣으며 어쩔 수 없었다고 말했고, 그렇게 스스로를 위로하며 나를 내려놓았다. 덩그러니 방에 남겨져 아무것도 하지 못하는 무능함 느끼며 점점 자괴감에 빠졌다. 답답한 마음을 토로할 곳이 없어 메모장에 한 자, 두 자 글을 적기 시작했고 일주일이 채 지나지 않아 나는 내가 왜 불행한지 깨닫게 되었다.

'남이 허락해주지 않으면 아무것도 결정도 못 내리는 상태'

그렇다. 바로 이것이 나의 문제였다. 나는 회사를 그만두는 문제 하나조차 타인의 의견 없이 결정을 내리지 못하는 인생을 살고 있었다. 늘 타인을 만족시키기 위해 살았고, 모두가 만족하는 결정을 내리기 위해 고군분투하고 있었으며 타인의 가벼운 비난에도 몸을 부르르 떠는 못난 인간이었다. 결국 여기까지 와서야 삶의 주체성에 대해 깨닫게 되었다. '다른 사람을 위해 사는 것을 멈춰야 한다'는 사실을 말이다.

Daily Philosophy

왜 당신은 다른 사람을 위해 살고 있는가
"Why do you sacrifice your life for others?"

주위를 둘러보자. 회사 옆 자리에 있는 동료, 가장 가까운 친구들 모두 자기 인생에 대한 100% 통제력을 가지고 있지 않다. 더욱 서글픈 사실은 자기 통제력을 가지려는 마음이 1도 없다는 사실이다. 우린 그런 삶에 길들여져 있다.

'당신은 왜 아직도 다른 사람을 위해 살고 있는가?'

우리는 은연중에 삶의 주도권을 다른 사람에게 넘겨줬다. 주체성을 상실한 인생으로 산다고 한들 결국 무엇이 남는가? 타인의 지시Direction 없이는 아무것도 할 수 없는 마비 상태에서 벗어나야 한다. 인간의 심리와 삶의 면면을 세심하게 살펴보면 우리가 일상에서 느끼는 불행과 스트레스는 결국 다른 사람이 나의 삶을 움직일 때 생겨난다. 내가 원하는 일을 하고 좋아하는 것을 추구하는 사람에게는 스트레스가 없다. 그들은 불행을 이겨내는 방법을 알기 때문이다. 그러니 성과도 좋고 일도 잘 풀린다. 남이 시키는 대로 살면 100% 잘할 수도 없으며 인정받기도 어려워 스트레스라는 괴물이 내 삶을 덮치게 된다. 많은 사람들이 내면의 변화와 외부의 변화 중 외부의 변화를 더욱 중점적으로 여기며 인생을 바꾸려고 하지만 이는 잘못된 생각이다. 왜냐하면 내면의 변화를 통한 외부의 변화가 궁극적인 만족감을 가져다주기 때문이다. 그러므로 내가 나의 인생을 선택하며 살기로 결심해야

"Why do you sacrifice your life for others?"

한다. 직접 만든 원칙을 지키며 살겠다는 마음가짐, 나의 미래는 내가 직접 꾸려가겠다는 주체적인 태도가 우리 삶을 더욱 가치 있게 바꾸어 줄 것이다.

이제 시작이다.

당신은 지금부터 이 책을 통해 내면을 강화하게 될 것이다. 과거의 관성이 당신을 '종속된 삶'으로 다시 끌어당겨도 괜찮다. 이곳에 담긴 삶의 철학을 보고 느끼며 이성의 끈을 놓지 않으면 된다. 이 책은 총 30일의 여정으로 54명의 위인의 깊은 철학이 담겨 있다. 매일 들고 다니며 아침저녁으로 읽어라. 필요하다면 소리 내어 읽어도 좋다. 중요한 문장은 따로 노트를 구매해 적어두어라. 그렇게 쌓인 내면의 힘이 곧 인생의 힘이 될 것이다. 이 책이 당신이 바라는 삶의 첫 시작이 되고, 결심을 굳건히 만들어 줄 것이라 믿어 의심치 않는다. 새로운 마인드로 흔들리는 인생에 중심을 잡아보길 바란다.

작가 고윤

로버트 슐러
낙관주의는 10배의 힘을 만든다

요즘은 이성주의적 사고방식이 엘리트적인 태도로 여겨지고 있다. 많은 이들이 이성주의를 지향하며 살아가려 노력하지만, 실제로 우리 주변에 순수한 이성주의자를 찾기란 쉽지 않다. 대부분은 이성주의라는 이름 아래 비관주의적 관점을 갖고 있으며, 이를 통해 타인에게 상처를 주는 경우가 많다. 이러한 상황에서 우리는 자신에게 물어봐야 한다. 정말 우리가 가진 것이 이성주의인가, 아니면 단지 비관주의에 불과한가?

이성주의와 비관주의는 겉보기에 비슷해 보일 수 있으나, 근본적으로 다른 개념이다. 이성주의는 낙관과 비관 모두를 포함하는 균형 잡힌 사고방식이다. 이를 통해 최적의 결정을 바르게 내릴 수 있는 반면, 비관주의는 보지 않으면 믿지 않는, 맹목적으로 비난하는 태도라 말할 수 있다. 심지어 눈으로 직접 보고도 믿지 않으려는 경향도 보인다. 이는 근본적으로 아집에서 비롯된다. 물론 어떤 사람은 현실을 이성적으로 판단하기 위함이라며 비관주의를 정당화하지만, 이는 단지 자신의 한정된 시야로 타인을 설득하려는 행위에 불과하다. 진정한 이성주의는 낙관과 비관 중 어느 것에 치우치지 않은 수평적 사고방식이다. 미국의 목사이자 심리학자로서 수많은 사람의 아픔을 위로했던 로버트 슐러는 이런 말을 남겼다.

"비관주의자는 '나는 그것을 볼 때 믿을 것이다'라고 말하고, 낙관주의자는 '믿을 때 나는 그것을 보게 될 것이다'라고 말한다."

– 로버트 슐러

이 말은 이성주의적 사고와 낙관주의가 어떻게 현실을 만드는지에 대한 깊은 통찰을 제공한다. 비관주의자는 어떤 방식으로든 하지 않아야 하는 이유, 그것이 비현실적인 이유를 찾으려고 한다. 그 안에는 삶을 더 나아지게 만드는 실천적 소양이 빠져 있다. 반면, 행동을 동반한 낙관주의는 놀랍게도 전 인류를 진보시키는 엄청난 결과를 가져온다.

낙관주의 + 행동 = 상상할 수 없는 긍정적 결과

무엇이든 될 것이라고 믿고 행동으로 옮기는 사람을 떠올려 보자. 일단 신대륙을 발견한 크리스토퍼 콜럼버스가 있다. 그는 남들의 시선에 아랑곳하지 않고 미지의 바다를 항해하여 신대륙을 발견하겠다는 목표를 가지고 있었다. 비관주의적인 콜럼버스로는 절대 성취될 수 없는 일이다. 또 다른 사례로는 일론 머스크가 있다. 그 누가 화성으로의 이주를 상상하며 로켓을 만들 수 있겠는가. 낙관주의와 엄청난 행동력이 만들어 낸 결과가 아닐 수 없다. 아직 우린 화성에 가지 못했지만, 스페이스X의 연구를 통해 우주 탐사 분야는 상상 이상의 진보를 이루었다. 결국 행동이 첨가된 낙관주의는 우리의 인생을 넘어 전 인류를 전진시키는 동력을 품고 있다.

"당신의 꿈은 무엇인가요?"라는 질문을 하면 대부분 현실주의로 대답한다. 마음속으로 진짜 꿈은 허상이라고 생각하며 자신을 제한하는 것이다. 그 안에는 낙관주의보다 비관주의가 더 많이 담겨 있다. 슬픈 사실은 그 대답을 남긴 사람이 강력한 행동력으로 변화를 만들어 내는 일은 거의 없다는 것이다. 그럴 바엔 차라리 거창한 낙관주의를 통해 200%의 행동력을 발휘하는 것이 더 낫지 않을까?

우리는 자신을 비관주의자로 만들지 않아야 한다. 이성주의에는 낙관도 있고 비관도 있으며, 냉정하게 바라보되, 긍정을 놓치지 않는 지혜가 담겨 있다. 미래는 눈에 보이는 것만으로 결정되지 않는다. 이는 우리가 더 넓은 시야를 가지고 세상을 바라볼 필요가 있음을 의미한다. 우리의 태도와 믿음이 현실을 어떻게 만들어 가는지를 이해하고, 이성주의적 사고를 통해 균형 잡힌 관점을 유지하는 것이 중요하다. 이를 통해 우리는 더욱 풍부하고 의미 있는 삶을 살아갈 수 있을 것이다.

〈비관주의를 없애고 낙관주의를 강화하는 5가지 방법〉

1. 매일 아침 긍정의 '3분 명상' : 노래 1곡이 흘러나올 동안 아침에 좋은 생각과 좋은 말을 마음껏 해준다.

2. '낙관적 실패 저널' 만들기 : 작은 실패를 적고 그 옆에 그것을 통해 배울 수 있었던 장점을 낙관적으로 기록하여 모든 실패를 긍정화한다.

3. '감사의 오브제' 습관 만들기 : 주머니에 넣을 수 있는 작은 물건을 하나 정해 들고 다니면서 그 돌을 만질 때마다 감사할 수 있는 일을 1가지 떠올린다.

4. '긍정 알림'을 설정한다 : 하루에 한 번 휴대폰으로 알림을 설정하여 알림이 울릴 때 '잘하고 있어'라고 되뇐다. 문장은 무엇을 되뇌든 낙관적이라면 다 좋다.

5. '낙관의 날' 정하기 : 한 달에 하루를 정해 그날은 자신과 타인에게 오직 낙관적이고 긍정적인 말만 하는 날로 지정한다.

퇴계 이황
한쪽에 치우치지 않는 이성과 감성

조선 전기 시대를 대표하는 유학자인 퇴계 이황 선생. 천 원짜리 지폐에서 쉽게 볼 수 있는 분이기도 한 그는 유학의 전통적인 입장인 수기치인修己治人을 행하는 것을 중요시했다. 이는 자신의 인격을 완성하고 타인을 옳게 교화하는 것에 일평생을 다 바치는 것을 의미하는데, 이황 선생이 했던 수기치인의 노력은 놀랍게도 지금 우리의 삶에도 많은 영향을 미치고 있다. 특히나 이황 선생이 남긴 말 중 우리가 가장 주목해야 할 부분은 '조화'의 중요성을 역설한 부분이다.

"사람이 이성만을 중시하고 살아간다면 인간 생활은 인정도 애정도 없는 삭막한 세상이 될 것이다. 그렇다고 감성만으로 살아간다면 도덕과 질서가 무너지는 세상이 될 것이니, 이성과 감성의 조화를 통해 삶을 지혜롭게 운영해야 한다." – 퇴계 이황

우리는 모두 조화를 중요시한다. 간혹 '조화'와 '안정'을 착각하는 사람들이 있으나, 이는 완전히 다른 의미라 볼 수 있다. '조화'는 적절한 곳에 가장 필요한 것을 꾸려 가장 알맞은 비율을 만

드는 것을 의미하며, '안정'은 불필요하거나 위험 요소를 없애 평온을 유지하는 것을 의미한다. 우리는 이 차이를 반드시 구분할 줄 알아야 한다. 살다 보면 종종 양자택일의 길에 놓이곤 한다. 대다수는 타인에게 강요되거나 선택되는 경우가 많은데, 쉽게 말해 내가 어두운 성격인지 밝은 성격인지, 엄마를 닮았는지 아빠를 닮았는지 등 두 가지 성격 중 하나를 선택해 말해야 하는 경우를 예로 들 수 있다. 더 깊게 들어가면 정치적 성향이 진보인지 보수인지, 특정 사건에 대한 본인의 신념은 어느 쪽으로 향하는지 또는 I인지 E인지 등 다양한 경우들이 존재한다.

세상은 다양한 인간과 그 안의 다채로운 이해관계들이 모여 형성된 하나의 집단이다. 그렇기에 각자의 기준과 관점은 천차만별일 수밖에 없다. 시대의 특정 사건을 가지고도 다양한 이론으로 분석이 가능하다는 점도 이를 방증하는 것과 같다. 우리는 종종 두 가지 선택지에서 한 가지를 선택하는 것만이 옳은 것이라 착각하곤 한다. 그리고 그 안에서 어느 한쪽도 선택하지 못한다면 회색 종자, 기러기 등 각종 비난을 감수해야만 한다. 여기서 우리는 이황 선생이 말한 조화를 떠올려야 한다. 인간사에서는 이성적으로 판단해야 하는 것들이 존재하고, 감정적인 면이 필요한 요소 또한 존재한다. 인간을 형성하는 요소에 이성과 감성이

"Why do you sacrifice your life for others?"

모두 포함되어 있음에도 불구하고 한 가지만을 선택해 결정하는 것은 편협한 사고를 발생시킬 수 있는 결정이자, 전체적 맥락을 파악하지 못하는 부조화한 지점임을 인지해야만 한다.

　잊지 말자. 결국 중요한 건 '조화'다. 하나의 선택만으로 무언 갈 결정해야 하는 것이 아닌 양쪽의 필요성을 조화롭게 인지하 며 적절하게 선택할 줄 아는 사고를 가져야 한다. 모든 것이 해석 되는 요술 지팡이가 있다면 세상은 전쟁도, 예술도, 종교도, 어쩌 면 사랑도 존재하지 않았을지도 모른다. 스스로를 작은 섬에 가 두지 말고 언제나 필요한 것들을 조화롭게 운영해 나갔던 이황 선생의 자세를 잘 본받아 올바른 시선으로 인생을 끌어 나가라.

니체
사소한 일을 흘려보내는 지혜

미셀 공드리 감독의 영화 〈이터널 선샤인〉에서는 기억을 지워주는 회사 라쿠나사가 등장한다. 남자 주인공인 조엘은 헤어진 연인 클레멘타인과의 기억을 지우기로 결심하며 라쿠나사에 찾아간다. 영화에서 라쿠나사의 직원 중 한 명인 메리는 독일의 철학자 니체의 명언 한 구절을 언급한다.

"망각하는 자 복이 있나니, 자신의 실수조차 잊기 때문이라."

- 프리드리히 니체

망각은 행복일까 불행일까? 이 질문에 다양한 의견이 따라오겠지만 대부분 사람은 과거의 행동을 돌이켜 반성하고 이를 통해 올바른 길로 나아가야 한다는 것에 동의할 것이다. 실제 이는 정석에 가까운 답변이며, 인생의 발전을 위해 필요한 자세임이 틀림없다. 아마도 니체 또한 이 말에 크게 반박하지 않을 거라 생각한다. 실제 그가 했던 말을 찾아보면 실패를 통해 얻은 경험으로 성공의 길을 찾아 나서야 한다는 맥락이 많다. 그렇다면 위에서 니체가 말한 '망각의 복'은 어떤 의미일까?

우리는 종종 자신의 실수나 잘못에 사로잡혀 하루하루를 고통스럽게 살아가는 사람을 목격하곤 한다. 또 가끔은 그 사람이 내가 되는 순간 또한 경험한다. 니체는 모든 것을 반추하는 것만이 좋은 것이 아닌, 때론 망각할 때 행복할 수 있다는 점을 이야기하고 있다. 우리 일상은 하루에도 수많은 시행착오 속에서 살아가기 때문이다. 누군가는 직장생활에서의 사소한 실수로 상사에게 혼나기도 하고, 또 누군가는 친구와 다툼이 있을 수도 있으며, 가족, 연인에게 툭 튀어나온 말실수를, 모르는 사람의 발을 밟아버리는 일 등이 일어날 수 있다. 이 모든 것을 하나하나 껴안고 반성하며 살아갈 수 있을까? 아니 그것은 불가능에 가깝다. 만약 내 실수와 잘못을 전부 챙기며 살아가면 우린 말라죽어 버릴지도 모른다. 무엇보다 그 모든 걸 신경 쓰며 살아가기엔 당장 눈앞에 해야 할 것들이 너무나도 많다.

　　당신의 친구, 가족, 연인, 상사가 당신에게 중요한 사람이 아니라는 의미는 아니다. 허나 빨리 털어내야 할 것은 털어낼 수 있어야 우리에게 중요한 것을 놓치지 않을 수 있다. 사소한 것에 집착하여 정작 중요한 것을 놓쳐버리는 경우가 허다하기에 일상의 사소한 지점을 빠르게 망각하는 것이야말로 어쩌면 삶의 중요한 행복이자 더 나은 삶을 살아가는 방식이다.

일상뿐만 아니라 이미 오랜 시간이 지난 과거의 불찰에 사로잡혀 고통받는 사람 또한 무수히 많이 존재한다. 니체는 이들을 향해 망각의 중요성을 피력하고 있는 것이다. 반성은 더 나은 길을 걷기 위한 좋은 나침반이 될 수 있으나 때론 당신이 스스로 쌓아 올린 인생에 장애물이 될 수 있다는 점을 기억해야 한다. 사소한 일에 집착하지 말고 망각하라. 언제나 장애물이 넘쳐났던 당신의 인생이 그때부터 조금 더 수월하게 느껴지게 될 것이다.

"Why do you sacrifice your life for others?"

장영실
남을 의식하니 남의 인생을 살더라

흙수저, 금수저, 다이아 수저 등 우리 사회에서 여전히 보이지 않는 계급이 존재한다는 이야기는 자명한 사실처럼 떠돌고 있다. 그리고 이러한 점이 인생의 성공 여부를 좌지우지한다고 말하는 사람 또한 많다. 물론, 타고난 재산과 유전적 능력이 삶에 많은 영향을 주는 것을 부정하고 싶진 않다. 누군가는 조금 더 앞선 출발선에 서서 시작할 수 있고 또 다른 누군가는 다수가 누리는 '평범함'이라는 것을 단 하나도 누리지 못하며 태어나기도 한다. 그렇기에 불평등한 출발선은 존재하고, 우리 사회는 개인의 개성과 능력이 중요시되는 사회가 됐다. 지금과 같이 눈에 보이지 않는 계급이 아닌 눈에 보이는 신분적 계급 차가 명확한 사회 속에서도 자신이 노력을 통해 격차를 이겨낸 사람 또한 무수히 존재한다. 대표적인 사람이 바로 조선의 발명왕 장영실이다.

"내가 남을 알지 못하는 것이 죄일 뿐, 남이 알아 주지 않는 게 무슨 죄란 말인가?"
                                                                          – 장영실

장영실의 가치관을 가장 잘 볼 수 있는 말이다. 그에게 가장 중요한 것은 스스로의 인정이지, 타인의 인정이 아니라는 것이다. 놀랍게도 그는 관노 출신이었다. 쉽게 말해 노비 출신이다. 조선 전기, 신분에 의해 타고난 운명이 명백하게 정해져 있는 사회에서 포기하지 않고 오직 자신의 능력만으로 성장해 온 인물이 바로 그다. 세종의 눈에 띄어 관직에 올라 우리가 아는 해시계, 측우기 등 수많은 발명을 이뤄낸 점에서 우리는 많은 것을 배울 수 있다. 만약 지금 우리가 흙수저의 삶에서 수백억의 자산가 또는 높은 지위의 자리에 올라간다면 많은 사람들이 박수를 보낼 것이다. 그렇다면 조선 전기 당시는 어땠을까? 장영실에게 관직을 주는 것에 있어 세종은 신분제를 들먹이는 대신들의 수많은 반대와 싸워야 했고, 관직에 오른 이후로도 천한 신분으로 차별적 대우를 받아야만 했다. 곰곰이 생각해 보건대, 지금 우리가 처한 상황이 장영실이 처했던 상황보다 더 막막한 상황일까? 왜 우리는 매번 현시대를 최악의 시대로만 비춰 망연자실한 채 보이지도 않는 누군가를 향해 욕을 퍼붓고 운명을 탓하고만 있는 걸까.

이토록 불평불만 속에서 살아간들 달라지는 건 아무것도 없다. 손바닥을 털고 일어나 열심히 달리는 자와, 그대로 주저앉아 멈춰버린 자 사이에 큰 차이가 존재한다는 점은 누구나 다 알 것이다. 시대는 언제나 달리는 자에게 손을 내밀었다. 마리 퀴리는

"Why do you sacrifice your life for others?"

여성을 차별적으로 대우하던 시대에 노벨상을 받았으며, 넬슨 만델라는 최초의 흑인 대통령이 되었다. 불평등에 대한 비난은 매번 '적당히' 달리다 말았던 사람들이 마치 끝까지 달려본 것처럼 떠들었던 말에 의해 지배되었고, 많은 이들이 그 말에 속아왔다. 왜냐면 끝까지 달려본 자들보다 적당히 달려본 자들이 절대다수라는 점을 우린 잊고 있기 때문이다. 그러니 타인이 만들어 놓은 세상에 자신을 밀어 넣지 말고, 깨어난 정신으로 부족함을 인정하며 세상을 바라보는 태도를 지녀야 한다. 그것이야말로 가장 주체적인 삶의 태도이자 원하는 걸 쟁취할 수 있는 힘이다.

소크라테스
가짜 지식에 절대로 현혹되지 마라

소크라테스는 사실 단 한 권의 책도 쓰지 않았다. 책은 다 그를 본 주변 사람들에 의해 쓰였는데, 한 책에서는 소크라테스의 '디아트리베'에 대해 언급되어 있다.

"소크라테스는 골목 구석에서 청소년들을 붙잡고 '디아트리베'를 하고 있다."

여기서 말하는 '디아트리베'란, 구석에서 사람들과 모여 자신의 생각과 의견을 나누고 그에 따른 반론을 서로 주고받으며 생각을 정리하는 것을 의미한다. 소크라테스는 이런 '디아트리베'를 통해 새로운 지식과 정보를 고차원적인 '앎'으로 변화시키며 '너 자신을 알라'를 깨우치고 있었다. 깨달음을 위해 사람들과 구석에서 모여 수다를 떠는 소크라테스의 모습, 그건 수많은 대화를 통해 지식을 깨달음으로 승화시키려는 작업이 아니었을까?

이러한 소크라테스의 '디아트리베'를 본받아 우리는 '앎'에 대한 개념을 새롭게 정의할 필요가 있다. 지식의 이동을 '앎'으로 착각한 사람들이 얼마나 많은가. 영화를 보고 나온 한 친구는 "재밌네", "웃기다"라고 가볍게 말하며 누군가가 해석을 정리해 놓은 유튜브를 들여다보기 바쁘다. 정보는 하염없이 쏟아지지만 우리는 정보를 수령만 할 뿐, 그것을 정돈하는 것마저 아웃소싱 하고 있다(얼마나 편리하며! 또한 얼마나 게으른가!).

이런 행태가 만연해지며 발견할 수 있는 또 한 가지 아쉬운 점은 타인의 정보를 습득한 걸 마치 자기 정보인 듯 행동한다는 점이다. 한 번 배운 것을 습득으로 착각하면 깊이 있는 대화는 고산지대의 산소처럼 점점 희박해진다. 영상에서 떠드는 정보가 곧 '나의 고유한 생각'이라고 생각하게 되는 것이다. 그렇게 우린 정보가 쏟아지는 사회에서 주체적으로 생각하고 반론하며 비판하고 논의하며 사색하고 침잠하는 능력을 점점 상실해 가고 있다. 바야흐로 '사색 상실의 시대'인 것이다.

인공지능이 출현함에 따라 앎의 정의는 점점 더 흐려지기 시작할 것이다. 이제 정보의 경계는 거의 무너졌다. 그렇기에 소크라테스가 삶을 통해 말했던 '너 자신을 알라'는 6글자가 한없이 중요해진다. 이 6글자는 체화되지 않은 지식을 뽐내는 가짜 지성인들을 가차 없이 비판하며, 삶으로 녹여낸 지식으로 다시 돌아가라고 우리에게 말하고 있다.

이미 모두가 알고 있는 말이지만, 이 시대를 살아가는 우리에게 소크라테스의 명언은 이런 의미를 전해 준다.

씹지 않고 음식을 삼키는 습관처럼 정보를 씹지 않고 삼키고 있으니 우린 마땅히 정보를 나의 것으로 소화하는데 시간을 투자해야 하며, '나'라는 존재에게 그것이 어떤 의미인지 투영하여 앞으로 '진짜 사색한 것'을 내 생각으로 여겨야 한다. 디아트리베를 통해 한 단계 높은 생각의 기준을 세우면 탁한 시야가 맑아지고 구렁텅이에 빠진 삶의 관점을 180도 바꿔줄 수도 있다. 삶으로 녹여낸 지식, 우리는 이 경지를 새로운 '앎'으로 정의하여 모든 지식이 허공에 헛되이 버려지지 않도록 깊이 있는 사색으로 자신을 이끌어 나가야 할 것이다.

"Why do you sacrifice your life for others?"

공자, 『논어』
안다고 생각하는 사람이 얕은 사람이다

엄청난 흥행을 이끌었던 BBC 영국 드라마 셜록Sherlock은 소시오패스이지만 엄청난 두뇌 능력을 갖춘 셜록과 그에 대항하는 악당 모리아티의 범죄 이야기를 담은 드라마다. 그중 모리아티는 범죄 컨설턴트임에도 불구하고 대범하게 셜록의 집으로 뚜벅뚜벅 찾아가 셜록의 엄청난 두뇌 능력에 도전하는 듯한 도발을 한다.

"모른다고 말하는 게 힘들지?"

물론 셜록은 모리아티의 도발에 넘어가지 않고 "글쎄 모르겠는데?"라고 반발하지만, 드라마를 보는 모든 사람은 이미 알고 있다. 똑똑한 셜록이 그 말에 적지 않게 당황했다는 사실을.

위에서 소개한 예시는 비단 셜록에게만 해당하는 이야기가 아니다. 그리 똑똑하지 않은 사람도 "잘 몰라", "내가 실수했어"라고 말하는 것을 선호하지 않는다. 단순히 나에게 그 지식이 없다고 말하는 것이 아닌 타인에게 약점을 드러내는 일이라 생각하기 때문이다. 이에 대해 공자는 논어에서 이런 말을 남겼다.

"아는 것을 안다 하고 모르는 것을 모른다 하는 것, 바로 그것이 아는 것이다."

– 공자

우리는 긴 교육환경을 거쳐오며 수많은 지식을 쌓았지만 '지식에 대한 태도'는 미처 배우지 못한 것 같다. 만약 지식에 대한 올바른 태도가 갖춰져 있었다면, 아니 교육되었다면 입시를 마친 대학생들은 공부를 멈추지 않았을 것이며, 취업을 했다고 해서 배움을 멈추지 않고 아는 것에 대해 으스대지도 않았을 것이다. 이런 부분이 사회에서 PR의 중요성잘난 점을 드러내는 것이 더 낫다는 생각으로 인해 무너졌지만, 장기적 관점에서 지식에 대한 솔직한 태도는 여전히 우리를 더욱 성장하게 하고 더 나은 사람으로 만들어 준다.

공자를 포함한 수많은 지성인은 일반인보다 더 많은 것을 알고 성찰했음에도 입이 닳도록 "나는 아는 것이 하나도 없다."라고 말했다. 이런 이유는 단순히 겸손한 태도를 강조하기 위함은 아니었을 것이다. 이들은 정말 아는 것이 없다는 것을 강조하고 싶어 했다. 물론 공자도 자신이 무언가 깨달았다고 자만했을지 모른다. 허나 안다고 생각했던 무언가의 깊이를 더욱 파고 들어가고 그것의 본질을 향해 더욱 심도 있게 들어가는 순간, 자신은 결국 아무것도 알지 못했다는 걸 깨닫게 되니 안다는 말을 감히 할 수 없게 된 것이다. 이것이 참된 지식인의 표본이다.

다시 일상으로 돌아가 보자. 우리는 스스로 얼마나 안다고 생각하며 살아왔는가. 얼마나 많은 사람들에게 자랑이나 조언이라는 이름으로 지식을 드러내기에 급급했는가. 책 1~2권 분량의 지식을 바탕으로 전문가인 척 살아온 우리에게 필요한 것은 모른다고 말할 수 있는 용기와 지식의 깊이를 향한 열망이다. 우리는 척하는 사람이 되는 것을 마땅히 경계해야 한다. 모른다고 부끄러운 것이 아님을 알자. 세상 모든 것을 다 알 순 없다.

미셸 푸코
자유의지를 상실해가는 현대인

모든 거리마다 CCTV가 설치되어 있고, 스마트폰은 끊임없는 알람을 보내고 있으며 SNS는 사적 영역을 넘나들며 우리의 행동과 사고패턴을 바탕으로 맞춤형 알고리즘을 형성해 가고 있다 (심지어 우린 그것을 당연히 여기며 살아가고 있다). 어쩌면 현대의 가장 큰 감시와 통제는 알고리즘이 아닐까 싶을 정도로 우리는 점점 편향된 사고를 향해 질주하고 있다. 지금 이 순간에도 알고리즘은 당신이 좋아하는 것만을 보여주기 위해 안간힘을 쓰고 있다.

스마트기기에 삶을 기대어 살아가는 당신에게 미셸 푸코를 소개한다. 흔히 질 들뢰즈, 자크 데리다와 더불어 20세기 구조주의 인문학에서 가장 중요한 인물 중 한 명으로 손꼽히는 그는 1975년 『감시와 처벌』이라는 저서를 통해 개인과 사회의 관계를 '권력'이라는 키워드로 해석하였는데 그는 우리를 감시하는 거대한 눈을 '파놉티콘'이라고 불렀다. 사람들은 이 파놉티콘의 감시를 받으며 세상 속에서 살아가고 있다는 것이 그의 주장이다. 외부

"Why do you sacrifice your life for others?"

의 파놉티콘에 대해서도 충분히 이야기할 수 있겠지만, 현대 시대의 가장 큰 '파놉티콘'은 CCTV가 아닌, 우리의 '습성'이다. 우리가 스스로를 감시하고 끊임없이 가두고 있다는 것이다. 아니, 우리가 스스로를 감시하고 있다니. 도대체 이게 무슨 말일까? 도리어 전보다 더 강렬한 자유를 추구하고 있다고 말해야 하는 게 아닐까? 여기서 '자유 의지의 아웃소싱Outsourcing of Free Will'이라는 개념을 언급하지 않을 수 없다.

'당신은 당신의 의지will를 어디에 두고 살아가고 있는가?'

네덜란드의 철학자인 요한 하위징아는 호모 루덴스라는 이름으로 현대인을 정의한다. 즉, 현대를 살아가는 인간은 유희하는 인간이라는 의미다. 더 많은 편리성과 즐거움을 위해 더 많은 전자기기와 외부 요소에 자신의 선택권을 넘겨 자신을 가두며 살아가는 현대인이 호모 루덴스의 특징이다. 편리성과 즐거움에 자신의 의지를 기대기 시작하고, 타인의 욕망을 욕망하며 결국 삶의 모든 영역을 아웃소싱해 버리게 된 것이다.

하지만 모든 것을 부정적인 측면으로만 해석할 순 없다. 아무리 스스로가 세운 파놉티콘이 우리를 강력하게 억제하는 듯 보여도 세상의 순리는 그렇게 흘러가지 않는다. 흥미롭게도 인간

왜 당신은 다른 사람을 위해 살고 있는가

안에 내재된 억압에 대한 저항 본능에 의해 우리는 반사적인 자유를 추구하게 된다. 이러한 자유의 표명으로 익명성이 보장된 온라인 커뮤니티, 개인 정보를 보호하기 위한 암호화된 블록체인 수단 등이 푸코가 말하는 '파놉티콘'에 도전장을 내밀고 있다. 그러니 우리는 자신을 가두는 파놉티콘의 존재를 인지하고 편리함은 유지하되 진정한 자유로움을 만끽하는 삶을 향해 한 발, 한 발 걸어가야 한다. 이제 눈을 열고 주변을 돌아보자. 고개를 들어 주변 곳곳에 있는 사람들을 살펴보자. 기기에서 멀어진 시간 속에서 당신은 책장 한편에 꽂혀있던 가벼운 책을 꺼내어 읽기 시작할 수도 있고, 차창 밖의 풍경을 바라보며 사색의 바다에 잠길 수도 있다.

우리가 되찾고자 하는 것은 우리에게 주어진 생득권birthright과 같은 자유의지다. 시간이 아무리 흐르고, 스스로를 단련한다 한들 현대의 '파놉티콘' 안에서 우린 결코 진정한 자유를 느끼지 못할 것이다. 그러니 우리는 억압된 나를 놓아주고 주관적인 선택을 해야 한다. 자, 이제부터 홀로서기를 시작하자. 의지가 곧 행동이 되고 행동이 결과를 만드는 과정을 다시 한번 깨우쳐보자. 가장 아름다운 현실이 펼쳐지는 순간, 핸드폰을 통해 세상을 보지 않고 당신의 아름다운 두 눈에 그 풍경을 담길 바란다.

"Why do you sacrifice your life for others?"

알프레드 아들러
남 탓하며 꼬여가는 인생

오스트리아의 의사인 알프레드 아들러. 그는 우리가 너무나 잘 알고 있는 "미움받을 용기"라는 말을 처음 꺼낸 사람이자, 개인심리학의 창시자이기도 하다. 그는 매번 주변 환경과 개인의 능력을 탓하는 사람의 심리를 분석하며 모든 문제가 어디서 발생하는지를 이야기해 왔다. 그가 한 이야기 중 가장 중점적인 지점은 삶을 바라보는 내면의 시선이 중요하다는 말이다.

"인생이 힘든 게 아니라 당신이 인생을 힘들게 만드는 것이다."

- 알프레드 아들러

우리는 종종 외부 환경이나 조건을 탓하며 인생이 힘들어졌다고 말한다. 그리고 스스로 인생을 밑도 끝도 없는 비극의 구덩이로 밀어 넣는다. 자신에게 주어진 조건에서 나의 한계는 이 정도라서 어쩔 수 없다고 말하며 선을 긋고, 넘을 수 없는 벽을 세워 버린다. 알프레드 아들러가 단호히 지적했듯이, 실제로는 누가 시킨 것도 아닌 본인 스스로 불행을 만들어 낸 것이다. 뼈 아프지만 사실이다.

남 탓을 하며 자기 인생의 한계를 규정짓는 사람의 방어적 심리는 90% 이상 자신의 실패나 문제를 인정하기 싫은 마음에서 비롯된다고 한다. 자신을 제외한 외부적 요인에서 그 이유를 찾게 된다면 모든 문제에 대한 고민이 한 번에 해결된다. 모든 것을 탓해버리면 원인-결과가 빠르게 드러나기 때문이다.

'내가 이렇게 사는 건 그 사람 탓이야.'
'내가 이렇게 된 건 부모님 탓이야.'
'내가 이렇게 된 건 사회가 이런 모양이어서 그래.'

단기적으론 심리적인 편안함을 느낄 수 있지만, 끝내 무력감의 늪에 빠지게 될 테다. 이들은 머지않아 자신의 인생을 힘들게 만드는 악순환의 시작 지점에 서게 된다. 그리고 더 고민하고 노력하지 않아도 되는 포기의 함정에 깊숙이 빠지게 된다.

이제 정반대로 생각해 보자. 첫 결단이 힘들어도 삶의 문제를 자신의 문제로 규정하게 되면 어떤 효과가 생길까?

1) '문제해결'이라는 키워드가 떠오르게 되고, 'Why' 왜 이런 일이 일어났을까?에 대한 생각에서 'How' 어떻게 해결할 것인가?로 생각이 자연스럽게 흘러가게 된다.

2) 오너십Ownership의 습관화를 통해 앞으로 다가오는 모든 도전을 회피하지 않고 남을 탓하지 않는 건강한 습관이 생기게 된다.

3) 삶의 통제력이 상승한다. 탓하는 습관은 결국 내가 통제할 수 없는 영역에 나의 문제를 방치하는 것과 같다. 내가 내 문제를 가지고 있으면 통제력이 100%가 되는 것이다.

다시 한번 말하지만 당신의 인생이 힘든 게 아니라 당신이 인생을 힘들게 만드는 것이다. 이제 이 말을 희망의 메시지로 받아들이자. 정말 내가 인생을 힘들게 만들고 있었던 주체라면! 진정으로 그렇다면, 인생을 더는 힘들게 하지 않고 더 낫게 만들 수 있는 힘 또한 나에게 있다는 뜻이다. 내가 나의 능력과 통제력을 인정하는 순간 삶의 흐름은 180도 바뀐다. 그때부터 삶은 그대의 손에 들어오게 된다. 오늘부터 나의 변화는 곧 인생의 변화라고 생각해라. 마음을 먹은 순간부터 그대는 이미 달라지기 시작했다.

이성계
이 길의 끝에 당신이 원하는 것이 있는가

간혹 우리는 자신이 목표하는 곳으로 달려가면서, 인생의 길을 잃곤 한다. 내가 지금 어디로 왔는지, 또는 무엇을 향해가고 있었는지 말이다. 가끔은 내가 지금 여기에 왜 있는지조차 잊은 채 살아간다. 그제야 정신을 차린 우린 주변을 두리번거리다 지나가던 사람에게 물어본다.

"지금 이 길을 따라가면 어디에 도착하게 되나요?"

지나가던 행인의 대답을 듣고, 자신이 어디로 가고 있었는지를 깨닫게 되어도 여전히 강력한 의문이 남는다.

'나는 왜 거기로 가고 있던 것일까?'

이 질문에 대한 답은 지나가던 행인이 알려줄 수 없다. 오로지 자기 자신만이 알고 있으며 스스로가 내려야 한다. 대다수 사람은 여기서 깊은 갈등에 빠진다. '멈춰서 돌아갈까? 아니면 우선 도착해서 생각해 볼까?' 갈등이 아무리 심화된다 하더라도 다시 돌아가는 사람은 거의 없을 것이다. 이미 멀리 온 것 같고, 돌아

"Why do you sacrifice your life for others?"

가는 것 또한 쉬워 보이지 않기 때문이다. 처음으로 돌아가면 남들보다 한참 뒤처질 것이라는 두려움도 스멀스멀 피어오른다. 우리는 그렇게 스스로 목표를 설정하는 것이 아닌 목표에 끌려 자신도 모르는 어디론가를 향해 계속 걸어가게 된다. 조선을 건국한 태조 이성계는 끌려다니는 삶을 극도로 경계했다. 그는 이런 말을 남겼다.

"화살이 과녁을 찾아가는 것이 아니라 활 쏘는 이가 과녁으로 화살을 보내는 것이다."　　　　　　　　　　　　　　　 – 이성계

실제로 이성계는 함흥차사咸興差使라는 사자성어를 만들어냈을 정도로 굉장한 명궁이었다. 태조실록에 의하면 이성계의 아버지는 그가 쏘는 활을 보고 "사람의 활이 아니다."라고 말할 정도로 칭찬했으며, 신궁이란 별명을 가졌을 정도였으니 그의 실력은 가히 최고라 해도 과언이 아닐 것이다. 그래서인지 그는 삶을 궁도에 비유하며 스스로가 활을 쏘는 사람임을 잊지 말아야 한다고 강조했다. 오랜 시간이 흘렀음에도 이성계가 남긴 말은 여전히 좋은 귀감을 준다.

현재를 살아가고 있음에도 불구하고 자신이 설정한 목표에 잡아먹혀 버리는 사람들이 있다. 그뿐만 아니라 타인이 설정한 목

표에 인생이 삼켜져 버린 사람들도 정말 많다. 이성계의 표현을 빌리자면 과녁을 향해 쏘아지는 화살에 불과한 인생을 살고 있는 거다.

앞서 전한 비유에서 우리가 한 가지 함께 짚고 넘어가야 하는 부분은 첫 목표와 중간 목표와의 비대칭성이다. 쉽게 말하면 목표의 참된 본질을 이해하기 어려운 상태에서 목표를 설정하게 되면 중간에 길을 잃을 수 있다는 점이다. 위에서 말했던 행인과의 대담처럼 본질을 잊고 걷던 사람은 스스로가 어디로 향하는지 혼란스러워하기 시작했다. 그러니 길을 잃지 않기 위해 중간중간 목표를 재점검하는 일은 필수적이라 볼 수 있다.

자, 이제 우리는 활을 쏘는 사람이 되어 진정한 목표를 생각해 볼 준비가 되었다. 당신이 현재 가진 목표는 무엇인가? 그리고 그것을 통해 궁극적으로 무엇을 성취하고 싶은가? 어떤 삶을 지향하는가? 어떤 삶을 꿈꾸는가?

여전히 많은 사람들이 길을 잃고 있다. 나도 모르게 방향을 잘못 틀어 주객이 전도되어 버린다. 사랑하는 딸의 행복을 위해 돈을 빌러 나간 홀어머니는 하루 16시간씩 일하다 결국 외로워진 딸아이의 일탈을 막지 못하거나, 소설 『운수 좋은 날』의 김 첨지처럼 운수 좋게 장거리를 뛰게 되어 돈을 많이 벌게 되었지만, 집에 오니 아내가 굶어 죽어 버린 상황 등. 우리 일상에는 정작 목표와 바라는 것 사이의 괴리를 극복하지 못하는 상황이 종종 일어난다. 이런 문제는 2가지 습관을 통해 쉽게 해결할 수 있다.

첫 번째, 매일 일기를 쓰기 바란다. 자신의 생각을 정리해 보며 오늘 내가 살아왔던 것과 그간 내가 살아온 삶의 방향이 일치하는지 되짚어 볼 필요가 있다. 일기는 삶을 다시 돌아볼 수 있고, 또 글을 통해 생각을 정리할 수 있다는 점에서 매우 유익하다.

두 번째, 매일 아침 5분간 고요한 명상 시간을 가져보자. 하루를 시작하기 전, 아침의 시간은 매우 귀하다. 우리가 목표와 길을 잃는 이유는 생각 정리 없이 마구잡이로 앞서가기 때문이다. 하루 단 5분 만이라도 생각을 정리하고 달릴 수 있다면 주객전도가 되는 일을 막을 수 있을 것이다.

율곡 이이
말로만 뜻을 세우고 기다리다 죽는 사람들

율곡 이이가 위대한 이유는 그가 일평생 지니고 행동하며 살아온 올바른 자세 때문이다. 신분과 관계없이 고른 인재 등용을 주장했으며, 당시 왕이었던 선조에게 자신이 옳다고 생각하는 말이면 어떤 말이든 거침없이 했을 정도로 그는 충신이었다. 또한 일평생을 관직에 지냈음에도 항상 가난한 백성들에게 자신의 곡식을 나눠줬던 그였기에 그가 죽은 후 장례비용이 없어 동료들이 돈을 모아 장례를 치를 정도였다 한다. 율곡 이이는 그런 사람이었다. 그가 매번 중요하게 여기던 가치 중 하나는 바로 관료로서 마땅히 해야 하는 '국익을 위한 봉사'였다. 그리고 그는 자신의 가치와 행동을 일치시키는 것을 매우 중요시하며 매번 실천하는 것을 강조했다.

"스스로 뜻을 세웠다고 말하면서도 그 뜻에 맞게 힘쓰지 않고 막연히 기다리기만 한다면, 그것은 말로만 뜻을 세웠을 뿐, 실제로 배우려는 마음이 깃들지 않아서다." - 율곡 이이

세상에 완벽한 계획이란 존재하지 않는다. 우리가 아무리 완

"Why do you sacrifice your life for others?"

벽한 계획을 세웠다고 한들 그 계획은 수많은 장애물에 부딪히기 마련이며, 그 장애물은 우리가 계산할 수 없는 영역에서 찾아온다. 이를테면, 작업을 위해 자리에 앉자마자 컴퓨터가 고장나거나, 두통이 생기고, 예기치 못하게 배가 아프다든지, 또 중요한 지인의 전화가 오는 것. 소중한 사람의 심각한 고민 상담이나 예상했던 시간보다 훨씬 늘어지는 일 처리 속도 등 모든 것은 우리의 통제 밖에 존재하는 일이다. 이 모든 것이 계획대로만 움직였다면 사실 우리에게 '실패'라는 단어가 그리 가깝지 않았을지도 모른다.

우린 최선의 계획을 세울 뿐, 완벽한 계획을 세우기엔 너무나 많은 변수와 싸워야 한다. 오히려 그 변수를 모두 계산할 시간에 차라리 조금 덜 완벽한 계획을 세워 빨리 나아가는 것이 훨씬 더 멀리 나아갈 수 있는 전략이다. 하지만 사람들은 '완벽'이라는 말에 매몰되어 완벽한 순간과 때를 기다린다는 말로 아무것도 하지 않는 자신을 정당화시킨다. 2020년으로 돌아가 보자. 팬데믹과 맞물려 많은 사람들이 너 나 할 것 없이 유튜브를 하기 위해 앞다퉈 채널을 만들었다. 하지만 당시 누군가는 이미 유튜브 시장이 포화상태에 진입했다는 판단에 하고 싶은 콘텐츠가 있음에도 불구하고 시작을 포기했을 것이다. 시간이 흘러도 여전히 유튜브는 콘텐츠를 양산하는 크리에이터들로 북적이고 있으며 더 새로운 콘텐츠를 갈망하는 구독자들의 니즈로 가득하다. 2020년 당시, 진입을 포기했던 사람에게 다시금 질문해 보자. 그는 여전히 똑같은 대답을 하게 될 것이다.

"2020년이면 몰라도 유튜브 시장은 이미 포화상태이기에 진입하기 늦었어요."

아무리 좋은 계획과 의미 있는 뜻을 세웠다 한들 결국 아무런 행동하지 않으면 달라지는 건 아무것도 존재하지 않는다. 행동만이 진정한 의미를 양산해 낸다. 생각은 오직 생각 그 자체뿐이며, 전에 생각했었다는 말로 자위하는 사람이 돼선 안 된다. 어쩌면 율곡 이이 선생 또한 자신의 가치에 대한 완벽한 계획을 실천하지 못했을지도 모른다. 그랬다면 그는 자신의 처자식들에게 장례비용을 떠넘기고 죽음을 맞이하진 않았을 테니 말이다. 하지만 괜찮다. 모든 것은 완벽하지도, 계획대로 되지 않는다. 가장 중요한 것은 가치에 따라 행동하고 있다는 점이다. 그러니 행동해야 한다. 행동하지 않으면 결국 우리가 생각한 것은 아무것도 하지 않은 것과 다름없을 것이다.

"Why do you sacrifice your life for others?"

떠 먹여주는 인생에 중독되지 마라

정보가 다양해지고 계속 진화해 감에 따라 개인의 공부 방식 또한 달라지고 있다. 국가에서 정해준 교육과정을 마치면 끝이었던 과거의 방식에서 학습에 대한 열망과 끊임없는 배움이 중요한 시대가 되었고, 10대와 20대에 주로 진행됐던 학습의 틀이 깨져 각자 다양한 방식으로 자신이 원하는 것을 배우고 있다. 이러한 시대적 기조에도 불구하고 많은 사람들이 적합한 학습 방식을 찾지 못해 오늘도 망망대해를 누비고 있다. 여기서 중요한 핵심은 '적합한 학습법'이 아닌 '과거의 학습 방식에서의 탈피'가 아닐까 싶다. 이 문제에 대해 공자는 논어에서 그 해답을 밝혔는데, 그는 이렇게 말했다.

"배우려는 자가 스스로 분발하지 않으면 일깨워주지 않는다. 스스로 표현하려 애쓰지 않으면 밝혀주지 않는다."   – 공자

생전 처음 만드는 요리를 해야 할 때, 설명서를 붙잡고 있는 사람의 음식을 어떻게 맛있다고 할 수 있을까. 탁상공론과 같은 요리법으로는 맛있는 요리를 만들 수 없다. 그렇기에 예상과 다른

문제를 겪게 되고, 생각보다 별로인 맛에 실망하는 것이다. 결국, 여러 번의 실패와 시행착오를 겪어야만 내가 읽은 설명서대로 맛과 모양을 차차 잡을 수 있다.

우리는 배움에 있어 그저 수업을 듣고 있다는 자체에 안정감을 얻은 채 정작 원하는 것을 얻게 해주는 시행착오는 바라보지 않고 있다. 실천을 뒤로 물리고 오로지 내 앞의 강사만 믿은 채 그가 미래를 바꿔줄 것이라 기대하고 있다. 그런 면에서 공자의 말은 다소 단호하고 냉정한 측면이 있다. 스스로 하려고 하지 않으면 알려주지 않는 게 낫다고 말하는 것과 같지 않은가!

지금 이야기하고 있는 이 사실은 대부분이 알고도 실패하는 내용이다. 누구도 내 삶을 대신 살아주지 않으며 스스로 해야 할 분량을 직접 채우지 않으면 그 누구도 목표에 도달할 수 없다. 각자에게 주어진 분량을 다할 때 우리는 기대했던 분량만큼 성장할 수 있다. 배움은 누군가가 떠먹여 주는 것이 아니다. 매 순간 자신이 떠먹기 위해 최선을 다해야 한다는 걸 기억하라.

한 유명 강사는 수업 시간에 학생들을에게 이런 말을 했다.

"수업이 해결해 줄 수 있는 건 오직 50%뿐이다. 나머지 50%는 스스로 해내야 한다. 수업만 듣는 것은 합격을 위한 확률을 절

반 깎아 먹는 것과 같다."

　목적이 있다면 스스로 공부하고 답을 찾기 위해 사력을 다하
길 바란다. 자신의 노력 없이 아무런 결과도 이뤄내지 못한다. 공
자가 한 말처럼 모든 답은 내가 직접 나설 때 찾아낼 수 있다.

니체
주어진 만큼 책임지는 법을 익혀라

책임이라는 단어가 꽤 무겁게 느껴지는 세상이 되었다. 과거에 좋은 리더는 남들보다 더 많은 지식을 가지고 있거나 카리스마 있게 집단을 통솔할 수 있을 만한 능력을 지닌 사람을 지칭했다면, 현시대는 남들보다 더 많은 책임감을 지닐 수 있는 희생적인 사람을 꼽는다. 책임감이란 정말 무거운 가치다. 심지어 자신이 짊어져야 할 무게만큼이나 타인의 책임까지 함께 짊어져야 하는 경우라면 단순히 한 명의 무게가 더해지는 것 이상의 무게가 늘어난다. 독일의 철학자 니체는 책임의 중요성과 무거움에 대해 이렇게 언급한 적이 있다.

"자기 책임을 방기하려 하지 않으며 또한 그것을 타인에게 전가시키려 하지 않는 것은 고귀한 일이다."　　－ 프리드리히 니체

남에게 책임을 전가하지 않는 것을 고귀한 일이라 표현할 만큼 니체는 책임지는 행동이 어렵고 대단한 것이라 여겼다. 과연 책임감의 무게에 대해 제대로 아는 사람은 주변에 몇이나 될까?

"Why do you sacrifice your life for others?"

우리 주변엔 흔히 책임을 대하는 두 가지 분류의 사람이 있다. 첫 번째는 책임져야 하는 자리를 두고 망설이는 사람, 두 번째는 책임지는 자리를 마다하지 않는 사람이다. 두 사람 중 과연 누구에게 책임자의 자리를 맡기는 것이 옳을까? 대부분 두 번째의 사람이 더 적절하다고 말할지도 모른다. 하지만 높은 확률로 그는 책임자로서 적합한 인물이 아닐 가능성이 높다.

인간은 누구나 자신의 자유를 중시하는 욕망을 가지고 있다. 리더의 자리에 앉으려는 사람은 자신의 욕망을 억제하고, 희생정신을 더욱 키워야만 진정한 의미의 책임이 실현 가능하다. 하지만 책임감의 무게를 아는 사람은 그 무게를 짊어지는 과정을 알기에 자연스레 망설이게 된다. 오히려 그 무게를 제대로 모르는 사람이 짊어지는 것에 거리낌이 없는 경우가 많다. 또한 어떻게든 책임을 지지 않으려는 태도와 자신과 무관한 것들까지 무분별하게 책임을 짊어지려는 태도는 모두 좋지 않다. 하지만 최소한 누군가에게 손해를 끼치거나, 자유의지 속에서 스스로 윤리적 문제를 야기했을 때 도망치지 않고 마땅히 그것을 감당하려는 태도는 이 사회를 살아가는 우리에게 꼭 필요한 태도이자 리더의 중요한 자질 중 하나다. 그런 의미에서 당신에게 묻고 싶다.

그대는 지금 건강한 책임을 지고 있는가?

묵자
포용력을 갖춘 리더로 변화하는 방법

묵자는 흥미로운 점이 많은 학자다. 공자, 맹자, 노자 등에 비해 많이 알려지지 않은 학자지만, 그는 겁 없이 당대 최고의 선인으로 불리던 공자를 공개적으로 비판한 최초의 학자였다. 묵자는 공자가 죽은 후 10년 후 태어났는데, 공자가 살았던 시대는 춘추시대, 묵자가 살았던 시대는 전국시대라 불리었다. 시대가 달랐음에도 공자를 비판하는 것은 매우 도발적인 행위였는데, 묵자는 모든 문제의 원인은 서로 '사랑'이 부족해서 발생하기에 사랑하는 마음을 키워내는 것이 삶에서 가장 중요하다는 다소 추상적인 주장을 펼쳤다. 이후 묵자는 공자 이후 가장 큰 학문 집단을 만들었으며 그것을 우리는 묵자의 학문인 『묵가』라고 부른다.

사랑을 중요하게 생각해서였을까, 묵자를 따르는 제자들의 충성도는 남달랐는데, 당시 '회남왕 유안'이 적은 『회남자』라는 저서에서 묘사하길 '묵자의 제자들은 묵자가 지시하면 누구 하나 도망치지 않고 불 속이나 칼날 위도 뛰어들 것이다.'라 적혀있었다. 제자들로부터 이토록 강력한 충성을 받았던 묵자는 인재를 다스리는 것에 대해 이렇게 말했다.

"큰 인재는 부려 먹기가 어려우나 만일 그가 그대의 충실한 신하가 된다면 그대는 세상을 빛낼 인재가 될 것이다." — 묵자

무슨 일을 하든 오로지 혼자 힘으로 해내는 게 결코 쉽지 않은 세상이다. 유행과 변화의 흐름이 너무나도 빨라 잠시만 한 눈을 팔아도 새로운 유행과 제품, 그리고 사회 현상들이 물밀듯 쏟아지고 있다. 이런 상황에서 오로지 혼자서 모든 것을 처리하는 것엔 한계가 존재한다. 그렇기에 요즘은 모두가 유능한 인재를 곁에 두고 싶어 하는 것 같다. 꼭 회사의 대표가 아니어도 유능한 사람을 옆에 두고 선한 영향력을 받고 싶어 하는 것이다. 당장 내 직장에 있는 부사수도 유능했으면 좋겠고, 채용한 아르바이트생이 시키지 않아도 알아서 자기 일을 할 수 있는 사람이길 기대한다. 아니 직무의 영역을 떠나 이젠 연애 상대도 그렇다. 요즘 젊은 사람들 사이에서는 '배울 수 있는 사람', '나를 더 성장할 수 있게 하는 사람'이 이상형이라는 말이 심심찮게 나올 정도다.

안타깝게도 묵자의 표현에 따라 진정한 인재는 그리 흔치 않으며, 우리의 곁에 오래 머물지 못하고 떠나는 경우가 빈번하다.

너무 잘나면 통제가 안 되니 적당한 사람과 함께 하는 게 낫다

고 말하지만(실제로 옳은 측면이 분명히 존재하지만), 우리는 먼저 내가 가진 '인재 포용력'을 한 번쯤 점검해 봐야 한다. 인재를 품는 리더의 포용력은 단순한 지배나 통제로는 절대 구현되지 않는다. 이는 상호 존중과 이해를 토대로 한 깊은 인간적 연결에서 시작된다. 서로 간의 깊이 있는 마음이 연결되면 함께 대의를 도모할 수 있고 세상을 변화시킬 수 있다. 묵자가 강조한 말은 이러한 포용력의 본질을 잘 드러낸다. 이는 리더와 인재 사이의 관계가 단순한 상하 관계를 넘어서 서로의 가치를 인정하고 존중하는 동반자 관계임을 의미하는 것이다.

아직 리더가 되지 않은 사람들에게도 해당된다. 왜냐하면 모든 사람은 자신의 위치에서 리더십을 발휘할 수 있으며 일상 속에서 포용력을 발휘하며 좋은 상황을 만들 수 있기 때문이다. 포용력은 동료를 대할 때, 팀 프로젝트를 수행할 때, 심지어 가족과의 관계에서도 적용될 수 있다. 포용력을 갖춘 리더는 상대의 의견을 경청하고, 다름을 존중하며, 상호 성장을 추구한다. 결국 포용하는 리더십은 사람들의 잠재력을 최대한 발휘하도록 하고 그 과정에서 기대하지 않았던 놀라운 시너지 효과를 함께 경험하는 것이다. 포용력을 갖춘 리더가 되고자 하는 마음은 사람에게 있어 중요한 능력이다. 이에 도움이 되는 열 가지 지침을 남긴다.

〈포용력을 갖춘 리더로 빠르게 변화하기 위한 10가지 지침〉

1. 먼저 마음을 열고 경청하라.

2. 다른 의견과 부딪힐 때 반박하지 마라.

3. 건강한 피드백을 요청해라.

4. 공감 능력을 최대로 끌어올려라.

5. 커뮤니케이션 능력을 최대한 키워라.

6. 겸손함으로 항상 배우는 자세를 견지해라.

7. 독단적으로 의사 결정을 하지 말고 의견을 수렴해라.

8. 긍정적인 에너지로 상대방에게 동기부여를 하라.

9. 갈등 해결을 피하려고 하지 마라.

10. 각자가 성장할 수 있는 환경을 조성해 줘라.

알베르 카뮈
인생의 부조리함을 넘어서는 해답

당신은 아래 3가지에 대해 얼마나 공감하는가?

1) 삶은 원하는 대로 흘러가지 않고, 기다려주지 않는다.
2) 기회는 준비되지 않은 순간에 매번 다가온다.
3) 한 사람의 비극은 항상 한꺼번에 몰려온다.

1957년 노벨 문학상을 수상한 프랑스의 철학자이자 작가인 알베르 카뮈는 인간이 느끼는 부조리의 본질에 대해 말했는데, 내용을 살펴보면 이렇다.

"삶은 어쩔 수 없는 부조리함을 마주하며 끊임없이 투쟁과 사투를 벌인다. 그리고 이는 계속 반복되고 순환되며 그 안에서 우리는 점차 무기력함을 느끼기 시작한다."   - 알베르 카뮈

우리는 굉장히 높은 기대와 경쟁 속에서 하루하루를 살아가고 있다. 요즘 20, 30대는 자신에게 주어진 것보다, 또 그전 세대가 이뤄놓은 결과물보다 더 대단한 것을 이뤄내야만 인정받을 수 있다는 생각에 강한 압박감을 느끼고 있다. 어떤 사람은 자신에

게 주어진 것 이상의 결과를 성취하기 위해 타인의 것을 뺏으려 한다. 또 어떤 이는 지긋지긋한 현대 사회의 무한경쟁 속에서 피로와 무의미함을 느끼고 삶을 내려놓기도 한다. 이런 처절한 현실 속에서 알베르 카뮈는 이를 인정하고 받아들이라고 말한다. 부조리를 한탄해도 답은 없고, 피하려 해도 벗어날 수 없기에 도망치려 하지 말고 그 안에서 자신만의 해답으로 삶을 개척하라는 것이다. 어쩌면 그것은 당신이 우연히 찾은 즐거운 취미일 수도, 예상치 못했던 지인과 따스한 시간일 수도, 남들은 몰라주지만, 당신만 아는 열정일 수도 있다.

가장 중요한 것은 시선을 '부조리함'에 두지 말고 부조리의 두꺼운 천장을 뚫어내고 삶의 의미를 찾겠다는 전의다. 그 누구도 날 인정해 줄 필요 없다. 그 어떤 부조리에 집착할 필요도 없다. 내가 나를 인정하고, 내가 죽는 순간 스스로 삶을 가치 있게 여길 수 있다면 그것으로 충분, 또 충분하다. 놀라운 사실은 자신만의 해답을 찾은 사람들이 세상의 부조리함을 극복하니 이게 부조리한 삶에 대한 가장 명쾌한 답이 아닐까?

'나의 길'이 가장 중요하다는 것을 절대 잊지 마라.

로알드 달
사회의 부품이 되어버린 우리

"한 가지는 확실합니다. 사는 것이 초콜릿보다 더 달콤하다는 것이요."

- 로알드 달

영화 〈찰리와 초콜릿 공장〉의 엔딩으로 나온 위 대사는 초콜릿 공장을 견학하는 아이들과 부모의 모습을 통해 바르게 살아가는 삶이 얼마나 중요한 것인지 돌아보게 한다. 초콜릿 공장 안에선 마법 같은 일이 펼쳐지지만 이를 믿지 않고 무시하던 사람들은 벌을 받고, 믿고 이해하던 사람은 달콤한 보상을 받는다.

"당신은 마법을 믿는가, 믿지 않는가?"

바보 같은 말이라 생각할 수 있는 이 질문은 이런 표현으로 바꿀 수 있다.

"당신은 마법 같은 삶의 변화를 믿는가?"

이에 대한 대답은 역시 마음먹기에 달려 있다. 아마 누군가는 세상에 마법 따위 없다고 말할지도 모른다. 여기에 동감한다면 당신은 극적인 변화를 믿지 않는 사람이다. 마법이라는 표현이 다소 어색하게 느껴졌으리라 짐작한다. 하지만 우린 순수한 믿음의 본체를 느끼고 받아들일 필요가 있다. 동화 『찰리와 초콜릿 공장』의 원작 작가인 로알드 달은 순수를 잃은 어른을 위한 동화를 계속 적어 왔다. 그는 우리에게 하나의 메시지로 깊은 울림을 남겼다.

"마법을 믿지 않은 사람들에게 마법은 일어나지 않는다."

인간은 현실에 안주하고, 주어진 환경에 만족하려는 경향이 있다. 하지만 진정한 성장은 보이지 않는 것을 믿는 것으로부터 시작된다. 멀리 그려놓은 청사진을 향해 길을 떠나는 무모함, 도전정신, 행동력은 편안함을 벗어나고, 새로운 가능성을 꿈꾸고 탐색하게 한다. 단순한 상상이 아니라, 우리의 잠재력을 일깨우고 새로운 길을 모색하는 과정이다.

슬프게도 이러한 꿈은 사회적으로 폄하되는 경우가 많다. "'아직도 그 모양이니?", "철 좀 들어라", "오버하지 마" 등 사람들의 순수한 믿음과 도전정신이 쓸모없는 것으로 치부되고 있다. 현실에 아무런 도움이 되지 않는다는 것이 그들의 주장이다. 하지만 한 가지를 꼭 기억하자. 세상을 바꾸고 진정한 성공을 성취했던 사람들은 모두 '꿈'을 꾸며 모두가 불가능이라 말했던 마법 같은 일을 현실화시키려 노력했던 사람이다. 혹시 주변에 현실을 분간하라며 당신을 끌어내리는 사람이 있다면 그들은 꿈도 희망도 없는 회색빛 인간일 것이다.

로버트 달은 우리에게 꿈을 꾸고, 그것을 믿는 것이 중요하다고 말하고 있다. 그러니 꿈을 꾸는 삶을 지향하자. 도전과 모험의 기회를 받아들이자. 꿈이 없는 삶은 정체된 삶이며, 변화와 성장의 가능성을 제한한다. 우리는 끊임없이 전진해야 하며 낙관적인 마인드로 새로운 경험을 쌓아가야 한다. 한계를 돌파하는 인생은 여기서 탄생하게 된다.

알버트 아인슈타인
당신이 모르는 상상의 잠재력

상상력은 현재의 한계를 넘어설 수 있게 해 준다. 지식은 이미 알려진 사실에 기반하지만, 상상력은 아직 존재하지 않는 가능성을 탐색한다. 이를 통해 우리는 새로운 아이디어를 창출하고, 기존의 생각을 뛰어넘는 혁신을 발견할 수 있다. 그리고 이는 먼 미래를 준비하는 신호탄이자, 새로운 출발선이기도 하다. 우리는 종종 '현실'이라는 이름에 갇혀 상상력을 상실하게 된다. 반복되는 루틴과 고정된 사고방식은 우리의 상상력을 제한하고, 동시에 상상에 빠져 있는 사람을 염세적으로 바라보게도 한다. 현실적인 사고가 힘든 사람이라며 혀를 차는 것이다. 하지만 상상력이야말로 새로운 시각으로 세상을 바라볼 수 있는 고차원적인 렌즈다. 관점의 변화를 받아들인 자만이 이 세상의 진정한 리더가 될 수 있다. 세계적인 물리학자 아인슈타인은 이렇게 말했다.

"상상력은 지식보다 중요하다. 지식은 우리가 알고 있는 것에 국한되지만, 상상력은 전 세계를 아우른다." – 알버트 아인슈타인

상상력이 중요치 않다고 생각하는 사람은 거의 없을 것이다.

현대 사회에서 상상력과 창의력은 높은 가치로 평가되고 있고 이를 활용한 사람들이 기회를 잡고 있다. 아인슈타인뿐만 아니라 유명 학자들과 기업의 CEO들이 진정한 혁신과 창조는 상상력에서 시작된다고 말하고 있다. 누군가는 아무것도 없는 황무지를 바라보며 미래의 도시를 상상하고, 누군가는 머릿속으로 그리고 상상하던 것을 콘텐츠나 제품으로 만들어 고객의 열렬한 환호성을 받는다. 우리가 흔히 알고 있는 스티브 잡스도 중요하다고 생각했던 가치를 전자기기와 융합하면서 미적 IT기기인 아이폰을 만들지 않았나. 상상력은 현실을 진보시키는 중요한 역량으로 여겨야 한다.

그렇다면 왜 사람마다 상상력의 농도가 다른 것일까? 누군가는 뛰어난 상상력을 가지고 있고 왜 누군가는 상상력이 부족한 것일까? 이것은 단순히 개인 능력의 차이인 것일까? 정신분석학자 프로이트는 억압된 자아와 상상력은 긴밀한 관련이 있다는 주장을 했다. 프로이트의 말에 따르면 개인의 욕망과 충동이 억압된 사람일수록 자유로운 상상력을 발휘하지 못한다는 것이다. 일시적으로 억압된 욕망이나 감정(도리어 폭발하는 듯한 과도한 감정의 흐름)은 상상력의 재료로 활용될 수 있지만, 순전히 억압된 상태에서는 상상력을 구현하기가 어렵다. 이에 더하여 그는 자신의 정체성에 대해 깊이 있게 고민하지 않은 사람일수록 상상력이 부족하다고 말했다. 뒤집어 말하면 자신에 대한 탐구가 깊은 사람일수록 소유한 무의식과 창의적인 잠재력을 충분히 활용할 수 있다는 것이다.

아인슈타인과 프로이트의 말이 우리에게 시사하는·바는 명쾌하다. 상상력은 절대 상상 속에서만 존재하는 유니콘이 아닌 누구나 할 수 있는 현실적 요소라는 점이다. 요즘 흔히 이야기되는 '나다움'이라는 것이 이제는 점점 진부해진 용어가 되어가고 있지만, 그럼에도 불구하고 나에 대한 이해는 상상력의 기본적인 발판이 되어주며 새로운 세계, 즉 내가 바라는 현실을 구현해 줄 수 있는 최고의 도구다. 반드시 기억하자. 당신은 잠재된 정신세계와 무의식을 통해 상상력에 불을 지피며 아직 구현되지 않은 현실을 만들어 갈 놀라운 능력을 갖추고 있다.

톨스토이
산만한 삶에는 몰입이 없다

우리는 매번 똑같은 옷, 똑같은 헤어스타일을 고수한 채 대중 앞에 등장하는 성공인을 보곤 한다. 마크 저커버그가 그랬고, 스티브 잡스가 그랬다. 그들의 복장은 사람들에게 고정된 이미지가되어 유행처럼 번졌고, 그 옷만으로도 그들을 떠올릴 수 있을 만큼 머릿속에 각인이 됐다. 그들의 고집에는 대단한 신념이나 철학이 있었던 것일까? 사실 그렇지 않다. 그들은 그저 옷을 고르는 시간을 단순화시켜 불필요한 선택의 고민에서 해방되고 싶을 뿐이다. 그리고 그렇게 아낀 시간을 통해 중요하고 복잡한 일을 해결해 나갔다. 이 안에서 우리가 꼭 배우고 느껴야 할 삶의 철학이 있다. 러시아가 낳은 위대한 소설가 레프 톨스토이는 자신의 저서 『The Thoughts of wise men』에서 이렇게 말했다.

"그대가 진정으로 일에 몰두하고 있다면 삶이 단순할 것이다. 불필요한 것에 마음 쓸 겨를이 없기 때문이다." -레프 톨스토이

종종 우리는 엉망진창이 된 자신의 삶을 한탄하곤 한다. 챙겨야 할 사람이 너무나 많고, 내 한 몸 챙기기도 쉽지 않은 상태에

"Why do you sacrifice your life for others?"

서 하루를 살아가며, 예고 없이 생기는 이런저런 일에 또렷한 정신으로 살아갈 수 없는 것이다. 행여 털어놓으면 마음이 편해질 거라는 생각에 주변 사람들을 만나면 각자 먹고살기 바쁘다는 말만 있을 뿐, 별다른 해결책 없이 잠에 들고 결국 빠져나올 수 없는 쳇바퀴에 갇히게 된다.

의외로 삶을 단순하게 만들어 주는 도구가 바로 '몰입'이다. 우리는 생각보다 일상의 많은 부분에서 '몰입'을 하고 있다. 내가 좋아하는 게임을 할 때, 즐겨보는 TV 프로그램이나 유튜브를 보는 일이나 사랑하는 사람과 함께하는 시간 등 시간이 다른 방식으로 흐르는 듯한 느낌을 받는 때가 종종 있다. 1시간이 지났음에도 5분처럼 느껴지는 것이 바로 그것이다. 이런 몰입이 바로 톨스토이가 말한 '불필요한 것에 마음 쓸 겨를이 없는 삶'이다.

개인적으로 좋아하는 사고법 하나가 바로 오컴의 면도날 Ockham's Razor이다. 오컴의 면도날은 중세 시대의 철학자인 윌리엄 오컴William of Ockham에게서 유래한 개념으로 "설명에 있어서 필요 이상의 가정을 늘리지 말라Entia non sunt multiplicanda praeter necessitatem"는 원리를 담고 있다. 즉, 어떤 현상을 설명할 때 가능한 한 가장 단순한 가설을 사용해야 한다는 의미다. 복잡하게 여러 가정을 유추하기보다는, 가장 간결하고 단순한 설명을 선호하면 어려운 문제도 쉽게 풀 수 있다.

바로 이것이 당신에게 전하고 싶은 메시지다. 오컴의 면도날에서 이야기하듯 우린 지속적으로 복잡한 생각을 더하여 인생을 어지럽히고 있다. 먼저 복잡한 것을 걷어내고 나에게 가장 중요한 것에 몰입하며 삶을 직선적으로 풀어내라. 이 2가지 과정을 거치면 당신에겐 '우선순위'라는 것이 생길 테고 그것을 잘 행했다면 죽는 날 돌아보았을 때 중요한 것에 집중한 삶으로 단 하나의 후회도 없다고 자신 있게 말할 수 있을 것이다.

"Why do you sacrifice your life for others?"

쇼펜하우어
진정한 자신으로 조각되는 시간

염세주의적인 철학을 바탕으로 많은 공감을 자아내고 있는 쇼펜하우어는 혼자만의 시간의 중요성을 강조하며 이렇게 말했다.

"사람은 혼자 있을 때만 진정한 자신이 될 수 있다."

                                            - 쇼펜하우어

MBTI가 국내에 대유행하면서 처음 보는 사람을 알아갈 때 MBTI를 물어보는 것이 하나의 문화가 되어버렸다. 물론 인간을 16종류로 딱 잘라 구분하고 이해한다는 점에 있어서 많은 논란이 있지만 그럼에도 불구하고 사람을 이해하는 데 꽤 직관적인 도움을 준다는 점은 무시할 수 없다. 개인적으로 가장 혼란이 되는 알파벳은 바로 E 성향 vs I 성향이다. 외향적인 성향을 가진 사람을 뜻하는 E와, 내향적인 성향을 가진 I를 두고 누군가는 '사람들과 함께 있는 것을 좋아하는 사람'과 '혼자만의 시간을 좋아하는 사람'으로 해석하곤 하는데, 둘 다에 해당되는 경우가 있으니 MBTI를 묻고 금세 사람을 재단하는 상황을 보면 조금은 쓸쓸한 마음이 든다. 만약 MBTI가 정확하다면 아마 I 성향을 가진 사람이 쇼펜하우어가 말한 '진정한 자신'이 될 수 있는 게 아닐까?

답은 알고 있겠지만 MBTI와 상관없이 모든 인간에게 혼자만의 시간은 매우 중요하다. 혼자 있는 시간은 E와 I를 떠나 자신을 깊이 이해하고, 새로운 생각을 발견하는 데 필수적인 단계다. 만약 대학에 '나를 발견하는 과목'이 있다면 4년 내내 중요한 내용으로 분류되지 않았을까? 그렇다면 진정한 자신을 발견하는 일은 당신에게 어떤 점을 시사할까?

애플 워치를 처음 구입했을 때 '도대체 이 기능은 왜 만든 거지?'라고 생각했던 게 있다. 삼성도, 샤오미도 같은 기능을 넣었는데 바로 1분 호흡 기능이었다. 사용해 본 적이 있는지 모르겠지만 1분 동안 액정 안에 문양이 커지고 작아지며 잠시 1분 동안 깊은숨을 쉴 수 있도록 독려한다. 그 후 2년이 채 지나지 않아 이 1분 호흡의 중요성을 깨닫게 되었는데 그때 멈춤의 미학을 알게 되었다.

당신은 하루에 몇 번이나 멈춰 서고 있는가? 얕은 숨으로 24시간을 살아가며 깊은숨을 들이쉴 잠깐의 시간마저 허용하지 않는 것은 아닌지 묻고 싶다. 고작 몇 초에 불과하더라도, 잠시 멈춰 호흡하며 생각을 정리하는 시간은 작은 실수를 방지하고 보다 나답게 살아가게 하는 좋은 습관이다.

이런 작은 멈춤이 이토록 의미가 있다면 10분을 넘어서는 시간은 어떤 효과가 있을까? 긴 시간이 주어지면 우린 내면의 대화 속으로 입장할 수 있다. 잠시 멈추는 것이 길을 걷다가 하늘을 잠시 올려다보는 거라면 혼자 보내는 긴 시간은 아쿠아리움의 신기한 물고기를 하나씩 둘러보듯 내 마음을 면면히 살피는 일이다. 내면이 아쿠아리움이라면 대부분 사람은 여기에 아무런 문제가 없다고 생각한다. 외부의 부정적인 영향으로 어항이 하나씩 오염되고 물고기가 죽어가고 있음에도 들여다볼 생각조차 하지 않으니 결국 모든 물고기가 죽을 때까지 아쿠아리움은 주인에게서 방치되는 것이다.

거두절미하고 지금 당장 내면의 아쿠아리움으로 달려가 구석구석을 살피고 가꾸어주어야 한다. 무엇보다 각 어항에는 아직 당신이 발견하지 못한 깨달음이 조개 속 진주처럼 감추어져 있다. 이것이 진정한 나를 알아가는 과정이며 건강한 사색이다.

"당신이 가진 재능과 가능성을 모두 사용하지 않으면 결국 그것들은 당신의 죽은 몸과 함께 무덤에 같이 묻히게 된다."

유명한 동기부여 연설가 레스 브라운Les Brown의 말이다. 진정한 나를 발견하는 것을 내 인생에 가장 큰 의무라고 생각하자. 내가 가진 재능을 100% 발휘하고 그것을 사용하여 누군가를 도와야 한다고 생각해 보자. 그리고 몰랐던 능력을 발굴하는 즐거움을 경험해 보자. 만약 하루 10분조차 투자하지 못해 그 재능이 사라진다면 이 얼마나 안타까운 일인가. 심지어 당신이 원하는 경제적인 부분을 해결해 줄 재능이 그곳에 있을 수도 있으니 당장 오늘부터 내면 구석구석을 살펴봐야 할 것이다. 당신은 그저 이런 활동이 어색할 뿐, 이내 익숙해질 수 있다. 오늘은 껍데기가 아닌 내면을 향해 손을 뻗어라. 내면의 바다에 몸을 던져라. 그곳에 몸을 맡겨라. 내면의 목소리를 듣고 그간 나의 마음이 어떠했는지, 무엇이 필요한지 알게 된다면 완전히 다른 존재가 되어있을지도 모른다.

"Why do you sacrifice your life for others?"

프리드리히 헤겔
모순의 의미에 대한 재발견

2022년, 철학계를 발칵 뒤집은 사건이 발생했다. 영국 일간지 가디언의 보도에 따르면 철학을 공부하는 사람들에겐 악명 높기로 유명한 프리드리히 헤겔의 초기 사상이 담긴 강연 원고 4,000여 쪽이 새롭게 발견된 것이다. 학계는 술렁였고 동시에 너무나도 어려운 헤겔의 철학에 관해 공부할 것이 늘어나 머리가 지끈거렸다고 한다. 이토록 난해한 그의 철학이 왜 우리 삶에 중요한 지점을 관통하고 있다고 평가받고 있는 것일까? 먼저 헤겔이 언급한 철학 중 '모순'에 관한 흥미로운 이야기를 살펴보자.

"모순은 모든 운동과 생명의 뿌리다." - 프리드리히 헤겔

직관적으로 이해하기 힘들 수 있는 이 문장은 한 꺼풀씩 의미를 벗겨내다 보면 차츰 그 뜻을 이해할 수 있게 된다. 흔히 모순 Contradiction이란, 긍정보단 부정의 의미로 많이 쓰이곤 한다. "저 사람은 모순적인 사람이야.", "그건 너무 모순적인 말이지 않아?" 등 앞뒤가 맞지 않는 말이나 행동을 보일 때 우리는 모순적이라고 한다. 삶을 살펴보면 타인을 지적하기 부끄러울 정도로 우린

많은 모순을 가지고 있다. SNS로 모든 사람들과 연결될 수 있지만 외로움을 느끼고, 가난이 해결되었으나 비만 문제가 대두되었으며, 기술이 발전하였지만, 인간성이 상실돼 가는 것이 모순의 일례이다. 이런 모순은 우리 머릿속에 들어와 기존의 가치를 혼란스럽게 만들기도 하고, 믿고 있던 것을 한순간에 무너뜨리기도 한다. 이런 점을 생각해 보면 모순이라는 단어는 긍정적으로 사용되기 어려운 단어가 확실한 것 같다.

하지만 헤겔은 이 모순이 곧 삶의 원동력이라 말하고 있다. 모순으로 가득 차 있는 삶이 있기에 그것을 극복해 가는 과정을 겪어가며 삶을 성찰하고 이를 통해 더 나은 길을 찾게 된다는 말이다. 그러니 모순은 우리의 인생을 더 낫게 만드는 역설적 의미의 원동력이 되는 것이다. 이제 "모순은 모든 운동과 생명의 뿌리다."라고 말한 헤겔의 표현이 조금 더 공감될 것이다.

현대 사회를 산다는 것은 마치 두 개의 춤을 동시에 추는 것과 같다. 하나는 성공을 향해 빠르게 질주하는 춤이다. 이 춤은 경쟁과 효율성이라는 리듬에 맞춰져 있으며, 우리에게 끊임없이 앞으로 나아가라고 속삭인다. 다른 쪽으로 고개를 돌리면 여유롭고 평화로운 멜로디의 춤이 있다. 이 춤은 내면의 행복과 삶의 진정한 의미를 찾아가는 과정을 상징한다. 두 춤은 상반되는 듯 보이지만, 실제로는 우리 삶이 가진 양면성, 즉 모순의 양자적 특징을 나타낸다. 우리는 이 속에서 나만의 리듬을 찾아야 한다. 빠르게 달려야 할 때는 빨리 달리고, 쉬어야 할 땐 멈춰 서서 주변을 둘러보고 내면을 들여다보는 거다. 나만의 리듬으로 삶을 리드해야 한다. 인생은 한 편의 장대한 교향곡과 같으니, 주어진 삶의 운율에 맞춰 때로는 빠르게, 때로는 느리게 연주하면 행복을 찾을 수 있다.

물론 이 여정은 쉽지 않다. 너무 빨리 달리려 하다 넘어질 수도 있고, 여유를 부리다 남들보다 도태될 수도 있으니까. 하지만 이는 겪을 수밖에 없는 시행착오이며 동시에 균형을 찾아가는 여정이다. 모순이 있기에 균형을 맞추어 나갈 수 있다는 걸 기억하라. 인생은 역설적이며 당신이 어제 집은 조각은 다른 모양의 조각이 있어야 맞춰지기에 우리는 지금 삶이라는 퍼즐을 완성해 가는 중이다.

마르쿠스 아우렐리우스
복수심 또한 연료가 될 수 있다

세상살이가 참 각박하고 힘들다. 요동치는 나의 마음을 한 번에 사그라들게 하는 일은 일 년에 고작 한두 번 정도다. 우리를 고통스럽게 하는 건 대게 '관계'에서 많이 발생한다. 그래서 나의 가능성을 억압하고 자존감을 건드리는 '이기주의자'들에 대한 얘기를 해보려고 한다. 먼저 이기주의자는 아래와 같이 5가지 특징을 가지고 있다.

1. 자기중심적 사고: 상황을 자신의 관점에서만 바라보며, 타인의 감정이나 필요를 고려하지 않는다.

2. 공감 능력 부족: 타인의 입장을 충분히 고려하지 않고, 자신의 이익을 추구하는 행동만 한다.

3. 조작적 행동: 목적을 달성하기 위해 타인을 조작하거나 이용하려 한다. 거짓말이나 속임수를 사용하기도 함.

4. 책임 회피: 자신의 잘못이나 실수에 대한 책임을 지기보다는 다른 사람이나 상황 탓으로 돌리는 경향이 있다. 자신의 행동이나 결정이 만들어 낸 부정적인 결과에 대해 인정하지 않는다.

"Why do you sacrifice your life for others?"

5. 경쟁적 태도: 협력보다는 경쟁을 선호하며, 모든 관계를 이겨야 하는 관계로 인식한다. 이들에게는 다른 사람보다 더 나은 위치에 있거나 우월함을 느끼는 것이 중요하다.

속상한 일이지만 우리가 모든 이기주의자를 피해 가며 살아갈 순 없다. 그저 세상을 살아가며 마주칠 수밖에 없는 인간의 한 부류인 것이다. 이런 상황에서 지속적인 손해를 입게 되면 '복수심'이라는 단어를 떠올리게 되는데, 여기서 한 가지 알아야 할 것이 있다. 모든 마음은 연료가 된다. 그러니 부정적인 마음도 연료가될 수 있다. 그렇다면 복수심 또한 연료가 될 수 있지 않을까? 이사실을 인지하고 아랫글을 읽어 보자.

"가장 좋은 복수 방법은 상대방처럼 되지 않는 것이다."

— 마르쿠스 아우렐리우스

현명했던 로마의 황제 마르쿠스 아우렐리우스는 사람들에게 냉정하지만 어쩌면 가장 따뜻할지도 모를 위로의 말을 전했다. 혹시 누군가에게 복수하고 싶은 마음이 있는가? 괜찮다. 그건 정말 자연스러운 마음의 흐름이자 심리적 현상이다. 그 어떤 사람도 자신의 존엄을 무시당하며 살고 싶어 하지 않고, 당했다는 심리를 느끼고 싶어 하지 않는다. 도리어 이런 마음을 과도하게 억

누를 때 더 큰 부작용이 생길 수 있기에 자연스러운 욕구로 받아들이는 것이 좋다.

그렇다면 정말 내가 바라는 대로 복수를 진행하는 것이 좋을까? 복수의 가장 정확한 뜻은 '되갚음'으로 내가 당한 만큼 상대에게 돌려주는 일이다. 허나 복수가 가지는 가장 큰 문제는 나의 존엄을 부정적인 감정으로 물들인다는 것이다. 결국 복수라는 일을 성공적으로 완수하기 위해 우리는 상대방처럼 되든지, 상대방보다 훨씬 더 나쁜 누군가가 되어야 한다. 그렇지 않고서는 복수의 대상에게 원하는 만큼 상처를 남기기 힘들다. 이 모든 것은 결국 자신을 파괴하고 갉아먹는 일에 지나지 않는다. 내가 가장 미워하고 증오하는 상대보다 더 악한 사람이 되어야 복수가 완성되는 건 논리적 관점에서 전혀 설득력 있지 않다. 도리어 비참하고 허무하다. 그렇기에 우리가 기억해야 하는 가장 큰 핵심은 이성을 유지하고 상대처럼 변하지 않기 위해 노력하는 것이다.

필자는 항상 '무언가가 되는 것become'에 큰 가치를 두며 살아간다. 황제 마르쿠스 아우렐리우스의 말처럼 가장 좋은 복수 방법은 상대방처럼 되지 않는 것이다. 결국 우리는 매 순간 어떠한 존재가 되는지Becoming의 갈림길에 서 있다. 아무도 없는 횡단보도를 무단으로 건널 것인가, 아무도 없지만 원칙을 지킬 것인가. 결국 나 자신이 선택하는 것이다. 그러니 나를 망치는 복수심 따위에 눈길을 주지 말고, 이기적인 사람이 되는 것을 경계하며 더 나은 존재가 되자. 앞으로 그런 일을 또 겪으면 그들을 측은히 바라보고 내 길을 똑바로 걸어가면 된다. 감정적으로 복수하려고 달려들지 마라. 가장 잘 사는 방법이 최고의 복수다.

프로이트
이타주의를 부르짖는 이기주의자

"당신이 생각하는 진짜 이기주의자를 단 한 명만 꼽으라면 누구를 선택하시겠습니까?"라는 질문을 받는다면 아마 모임에서 만났던 친구, 명절에 만났던 친척, 또는 직장동료 등 떠오를 것이다. 그 누구도 이 질문에 "저요! 제가 바로 진짜 이기주의자입니다!"라고 말하지 않는다. 세상엔 나의 상식을 넘어서는 이기적인 사람이 존재하기 때문이다. 정신분석학의 아버지라 불리는 지크문트 프로이트는 이기주의자의 진정한 의미에 대해 이렇게 정의했다.

"진짜 이기주의자란 자신도 이기주의자일 수 있다는 생각을 전혀 해본 적 없는 사람이다."　　　　　　– 지크문트 프로이트

공감한다. 나도 이 문장을 처음 접하는 순간 99%의 사람들이 진짜 이기주의자에 해당할 수밖에 없다는 생각을 했다. 과연 피해 갈 수 있는 사람이 있을까? 그렇다면 이 사실을 이해하고 있었을 프로이트는 어떤 의미로 이런 말을 남긴 것일까.

"Why do you sacrifice your life for others?"

사실 인간이라는 존재가 삶의 바라보는 시선을 완벽히 이타적으로 만들 순 없다. 이 부분에 모두가 동의할 것이며 동시에 모든 존재가 자기중심적 사고로 세상을 바라보고, 해석한다는 사실도 공감할 것이다. 우리는 주관적 관점을 바탕으로 세상을 바라보며 상대를 이해하려 한다. 여기서 잠시 성찰해야 하는 문제는 애매한 지점에 서서 이도 저도 아닌 사람으로 자신을 정의하고 있다는 점이다. 앞서 이기주의자를 선택해 보라는 질문을 뒤집는다면 이런 질문이 될 수 있다.

"당신이 생각하는 진짜 이타주의자를 단 한 명만 꼽으라면 누구를 선택하시겠습니까?"

이 역시 자신을 떠올리는 사람은 아무도 없을 것이다. 그러니 우리는 대단한 이기주의자도, 대단한 이타주의자도 아닌 채로 인생을 살아가고 있다. '난 테레사 수녀처럼 타인을 위해 헌신하진 않지만 그렇다고 나밖에 모르는 건 또 아니야'라고 생각하는 거다. 이런 애매한 결론은 어떤 철학적 문제를 일으킬까?

스스로를 향한 애매한 판단과 결론은 스스로를 과대평가하게 되는 시발점이 되며 그 어디에도 속하지 않게 한다. 자신은 이기적인 사람도 아니고 대단히 이타적이지도 않으니 마땅히 비판할 자격을 얻게 된다고 생각한다는 점이다. 실제로 많은 사람이 타인보다 자신을 논리적이라 생각하고, 자신의 행동을 쉽게 합리화한다. 이기적인 사람이 자신이 이기적인 것을 모른다는 사실이 이런 주장을 뒷받침하는 근거가 되지 않을까 싶다. 결국 나에 대한 과대평가에서 문제가 발생하는 것이다.

따라서 우리는 이기주의든 이타주의든 그 단어에 집착하지 않아야 한다. 제일 중요한 교훈은 바로 이것이다.

"이타주의의 탈을 쓴 이기주의자가 되지 말자."

가장 쉽게 이해할 수 있는 예시 중 하나가 바로 부모 자식 관계인데, 오로지 자녀를 위해 모든 걸 다 헌신하며 살아가는 캥거루족을 떠올리면 자식의 행복을 위한 이타적인 성향으로 볼 수 있지만 이건 부모가 육아로 본인의 욕구를 채우기 위한 이기적인 욕심에 지나지 않는다. 이는 장기적으로 모두에게 부정적인 영향을 미친다. 부모는 부모이기 앞서 한 명의 인간으로서 삶을 살아가야 하고 자녀 또한 한 명의 인간으로 정체성을 가지고 독립적으로 살아가야 한다. 그들은 가족이기도 하면서 동시에 개인으로 존재하기에 이타적인 면만을 강조한다면 결국 이타주의 탈을 쓴 이기주의로 변질되고 만다.

우리는 어떤 순간에 모두 이기주의자가 된다. 때론 그것이 유용하기도 하다. 하지만 그 순간마저도 내가 어떤 태도를 견지하고 있는지 인지해야 한다. 이타주의적 생각에 갇혀 이기주의를 실현하고 있는 것은 아닌지. 진정으로 타인을 위하는 것이 아닌 내 뜻대로 조종하기 위한 이타주의적 행동인지 자발적으로 나를 돌아볼 필요가 있다. 의외로 우리에게 필요한 것은 나의 솔직함을 드러낼 수 있는 용기가 아닐까? 상대가 실망할까 봐, 나의 마음을 들키면 오해받을까 봐 두려워 이타주의의 탈을 쓰고 있다면 도리어 그것은 취약성Vulnerability을 숨기는 형태로 당당한 이기주의가 되는 것이 차라리 더 나을 것이다. 솔직한 마음의 토로는 큰 공감을 불러일으키고 도리어 상대의 마음을 움직이게 해 삶을 윤택하게 해 준다. 진정한 이타주의를 함부로 정의할 수는 없겠지만 타인에게 보상받지 않아도 되며 내 옆의 누군가가 지금보다 잘되기를 바라는 상태라면 조금은 이타적이라고 말할 수 있지 않을까?

칼 융
자신의 상처를 남용하는 사람들

스위스의 저명한 심리학자이자 정신분석학의 대가로 칭송받는 칼 융Carl Jung은 인간의 심리를 분석하며 아래 문제를 지적했다.

"가장 위험한 실수는 내면의 어두운 그림자를 남들에게 덧씌우는 것이다. 이것이 모든 분쟁의 근원이다."　　　　　－ 칼 융

우리는 종종 타인과의 교류에 있어 무의식적으로 과거 경험과 상처를 앞세워 상대방을 바라본다. 나에 대해 아무런 생각이 없던 상대는 그 어떤 색안경을 쓰고 있지 않았음에도 불구하고 갑자기 상대의 날카로운 태도에 당혹스러운 상황에 놓이곤 한다. 칼 융이 그림자라고 표현했던 '결핍과 색안경'은 사실 인간이라면 누구나 가지고 있는 부분이다. 인생을 살아가며 상처를 당한 경험이 있다면 자연스럽게 새로운 관계가 시작될 때 두려움과 불신이 따라오기 마련이며, 반대로 한 번도 배신당해 본 적 없는 사람이라면 어떤 사람이 접근하든 색안경을 끼지 않을 것이다.

직장에서 새로운 동료가 합류했다고 생각해 보자. 전에 일했

던 직원이 실망스러운 모습을 보였다면, 우리는 무의식적으로 새로운 동료의 사소한 행동에 반응할 것이다(심지어 똑같은 행동을 한다면 두 배로 실망하게 된다). 자, 여기부터가 선택의 기로다. 당신은 과거 동료의 기억을 바탕으로 새로운 직장 동료를 대할 수도 있고, 과거 동료의 모습을 삭제하고 새로운 관점으로 새 동료를 바라볼 수도 있다. 한 가지 확실한 사실은 전자를 선택하면 새로 합류한 동료는 굉장히 억울한 상황에 부닥치게 될 가능성이 높다는 점이다. 물론 어떤 사람은 다소 이기주의적인 관점으로 이렇게 말할지도 모른다.

"제가 고통받는 건 아니잖아요?"

겉으로 볼 때 그렇게 생각할 수도 있지만 절대 그렇지 않다. 만약 정말 억울한 대접을 받는 사람의 고통만 존재했다면 칼 융이 그림자를 '가장 위험한 실수'라고 말했을 리가 없다. 나는 관계에서 생기는 가장 큰 고통을 크게 2가지로 생각한다.

첫 번째는 끝나지 않는 고통이다. 손끝에 상처가 작게 난 것은 별거 아니지만 낫지 않으면 고통이 가시지 않으니 이건 큰 고통이다.

두 번째는 나 혼자 만들어 낸 고통이 아닌 타인과 주고받는 순

환적 고통이다. 이 고통 또한 쉽게 가시지 않으며 기존 관계를 개선하는 것이 정말 힘들고 차라리 새로 관계를 쌓는 편이 더 낫다.

내가 가진 상처를 바탕으로 타인을 바라보며 새로운 억울함과 고통을 만드는 인생을 살아간다면 이 또한 당신의 고통이 될 가능성이 크다. 굳이 그 어려운 길을 갈 필요가 있을까? 상처의 본질을 떠올려 보면 주로 가까운 사람일 확률이 높다. 그래서 그림자를 적용하는 대상 또한 가까운 사람일 가능성이 높다. 이건 마치 전 연인에게 받은 상처를 새로운 연인에게 덧대는 것과 같다. 너무 어리석고 불합리하지 않은가. 그러니 우린 그 어떤 상황에서든지 나의 어두운 그림자를 남에게 덮어씌우지 말아야 한다. 있는 그대로의 모습을 보이고 너무 빨리 판단하지도 말자. 자연스러운 흐름이 이끌어 주는 대로 물 흐르듯 자연스럽게 관계를 만들어라. 우리에게 필요한 관계란 서로 가장 나다울 수 있는 관계며 내적 모습을 고백하고 포용하는 관계다. 잠시 이 글을 읽고 생각해 보자. 나의 그림자를 타인에게 함부로 투영하진 않았는지, 그 사람이 봐주길 바랐던 진정한 모습은 어떤 모습이었을지, 그리고 나는 타인에게 어떤 모습을 보여주고 싶은지. 다시 0에서부터 시작하는 관점 속에서 우리는 곪았던 관계를 건강하게 만들 수 있을 것이다.

조지 고든 바이런
뜨겁게 살지 않는 사람들을 향한 일침

영국을 대표하는 시인이자 그 이름만으로도 낭만파의 아이콘으로 불리는 조지 고든 바이런George Gordon Byron, Lord Byron은 매번 통찰력 있는 시선으로 인간사를 냉정하고 예리하게 바라봤다. 특히 인간의 죽음에 대해 언급했던 그의 말은 머리를 한 대 얻어맞은 기분과 동시에 순간 피식 새어 나오는 헛웃음을 유발한다.

"사람들은 죽음을 슬퍼한다. 인생의 3분의 1을 잠으로 보내는 주제에."   – 조지 고든 바이런

이 문장을 너무 단편적으로 생각하지 않기를 바란다. 죽음을 슬퍼하는 것을 문제 삼는 것이 아니라 삶을 살아가는 사람들에게 '현재의 삶과 흘러가는 시간의 소중함'을 시사하는 표현일 뿐이다. 주변을 돌아보면 사소한 부분에 병적으로 집착하는 사람이 있다. 음식에 들어간 한 가지 요소 때문에 큰일이 난 것처럼 호들갑을 떤다거나 목에 칼이 들어와도 지켜야 하는 원칙이라 말하며 일상을 충분히 누리지 못한다. 자신의 몸과 정신을 소중히 여기는 행동은 결코 나쁜 일이 아니다. 건강한 육체와 정신이야말

로 긴 인생을 헤쳐 나아가는 매우 중요한 요인이니까. 다만, 이 글에서 강조하고 싶은 건 작은 요소에 신경 쓰느라 정작 중요한 것을 놓치고 있는 삶이다. 우린 여전히 일상 속 무의미한 순간들에 필요 이상으로 집착하고 있다.

1. 불필요한 걱정과 고민
2. 소셜미디어 스크롤링
3. 외모에 대한 과도한 집착
4. 소문이나 가십에 대한 관심
5. 습관적인 불평과 비평
6. 무의미하며 과도한 경쟁심

방금 소개한 6가지뿐만 아니라 다양한 요소들이 일상을 중요한 것으로부터 잠식시키고 있다. 인생의 3분의 1을 잠으로 보내기에 죽음을 슬퍼할 가치조차 없다는 의미는 인생의 3분의 1을 잠으로 보내기에 어떻게 살아갈 것인지에 대해 뜨겁게 고민해야 한다는 의미로 받아들여야 한다. 뜨겁게 사는 인생, 농도 있고 깊이 있는 인생을 살기 위해 나는 실제로 2가지 방법을 내 인생에 적용해 봤다.

1) 가장 완벽한 하루를 위해 15분 단위로 아침부터 잠들기까

"Why do you sacrifice your life for others?"

지 계획해 보는 것이다. 이 방법을 통해 잠들지 않는 순간에 내가 어떤 삶을 가장 이상적으로 생각하는지 알 수 있었다.

2) 다음은 '죽어도 좋은 하루'라는 개념 아래에 하루를 값지게 살았다고 느끼게 하는 생산적인 활동의 시간을 타이머로 계산해 보는 일이다. 이 과정을 통해 실제로 굉장히 많은 시간을 생산적인 일에 집중할 수 있었고 동시에 얼마나 많은 시간을 무의미하게 보내는지도 알 수 있었다.

스스로 통제하는 인생Self-Regulated Life이란 잠으로 흘려보내는 인생의 3분의 1 외에 3분의 2에 해당하는 시간에 대한 통제력을 가지는 것을 뜻한다. 우리는 내일은 내일의 태양이 뜬다는 생각으로 계속해서 일을 미루고 하루를 통제하지 않으며 흘러가는 대로 살아간다. 인생은 주체적으로 살지 않으면 되는대로 흘러가 버리게 된다. 그러니 우선순위를 세워 그것에 맞게 시간과 에너지를 사용해야 한다. 삶에서 정말 중요한 것에 초점을 맞추기 시작하면, 우리의 일상은 더욱 풍부해지기 시작할 것이다. 삶의 작은 순간들에 감사하며, 그 속에서 즐거움과 만족을 찾자. 삶을 더욱 가치 있게 만드는 순간을 끊임없이 발견하고 창조해야 한다. 그것이 바로 진정한 행복, 아니 내가 살고 싶은 인생으로 걸어가는 길이다.

왜 당신은 다른 사람을 위해 살고 있는가

마르쿠스 아우렐리우스
마음의 벽인 고정관념을 허무는 방법

"만약 누군가 잘못을 저지르면 그가 무엇을 선으로, 무엇을 악으로 여기고 있는지 살펴보라. 그것을 알고 나면 연민의 마음이 생겨 과하게 놀라거나 화나지 않을 것이다."

– 마르쿠스 아우렐리우스

마르쿠스 아우렐리우스가 한 말을 천천히 곱씹어 보자. 그가 말하고 있는 것은 대다수가 겪고 있는 관계적 갈등의 핵심을 관통하고 있다. 모든 사람에게는 선과 악의 기준이 존재한다. 그 기준은 일반적으로 가정환경, 교육환경 또는 지역적 특성에 따라 달라지며 때로 어떤 종교를 가지느냐에 따라 완전히 다른 성향을 보이기도 한다. 우리가 말하는 '관계의 기준'은 그저 어느 정도 사회적 합의가 이뤄진 보편적 기준일뿐, 개인이 가진 삶의 기준은 각자가 겪은 환경에 따라 천차만별로 다르기 마련이다. 환경은 그런 의미에서 참 무서운 존재다. 세상을 바라보는 기준을 형성하게 하고 한 개인을 꾸준히, 그리고 오랫동안 세뇌시킨다. 내가 만나온 사람, 내가 겪었던 일, 내가 태생적으로 가지고 있던

"Why do you sacrifice your life for others?"

결핍까지. 이 모든 것들이 모여 하나의 고정관념을 만든다. 물론 이런 방어기제와 관념은 스스로 보호하기 위해서 형성된 것이기에 마냥 비판할 수 없다. 우선 고정관념이라는 단어를 꼭 나쁘게만 보지 말자. 법치주의가 바탕인 국가에선 고정되어 있는 관념을 통해 사회가 유기적으로 운영된다. 내가 말하고 싶은 건 하나의 고정관념에 너무 깊이 사로잡혀 있다 보면 아무것도 받아들이지 못하고 타인이 하는 모든 행동에 의문을 가지며 의심 속에서 하루하루를 살아가게 된다는 것이다. 더욱 유연하게 변화에 맞춰 시야를 넓혀야 한다.

'당신은 당연한 것에 의문을 품고 세상의 변화에 맞게 변화하고 있는가?'

사회적 관점과 반대로, 개인적 영역에서 발휘되는 고정된 관념 중 결핍 때문에 형성된 고정관념은 사실 개인의 성장을 저해시키는 걸림돌이 되곤 한다. 그래서 누군가가 행하는 선악의 구별을 바라보고 있노라면, 자연스럽게 그 사람이 겪었던 결핍들을 들여다볼 수 있다. 아우렐리우스가 한 말처럼 그 결핍을 이해하고 느끼는 순간 자신도 모르게 연민의 감정을 느끼게 된다. 그리고 우리는 여기서 한 발짝 더 나아가 자신의 고정관념 또한 성찰할 줄 알아야 한다.

나는 무엇에 분노를 느끼고 무엇을 두려워하며, 무엇에 아파하고 있었는가. 그것을 스스로 인지하게 된다면 그동안 나를 막아오고 있던 고정관념을 조금씩 벗겨낼 수 있다. 이런 과정을 우린 '통찰'이라 부른다. 스스로 삶을 바라보고 점검할 수 있는 눈을 가진 사람은 유연한 사고와 넓은 마음으로 모두에게 사랑받을 것이다. 물론 고정관념을 꾸준히 이해하는 것은 쉽지 않은 일이다. 허나 들여다보려 노력한 사람과 아예 외면한 사람의 인생은 다르다. 우리 안엔 여전히 많은 벽이 존재한다. 모든 벽을 다 허물어야 할 필요는 없지만 어느 순간 자신을 막고 있는 듯한 벽이 느껴진다면 기존의 기준을 살펴보자. 그 기준 안에는 고정 관념이 있고 그 속에는 결핍이 있을 것이다. 그다음 나를 조금 더 이해하는 노력을 통해 우린 점차 타인을 이해하는 마음 또한 넓힐 수 있다.

오스카 와일드
적당히 존재하는 건 사는 게 아니다

소설 『도리안 그레이의 초상』과 동화 『행복한 왕자』를 쓴 빅토리아 시대 최고의 작가 오스카 와일드. 그는 항상 주체적인 삶의 중요성을 강조해 왔다. 이에 걸맞게 그는 남들처럼 평범하게 사는 것을 거부했으며, 자신의 의지와 꿈을 실현시키는 것을 최우선으로 삼았다.

"산다는 것은 이 세상에서 가장 드문 일이다. 대다수의 사람은 그저 존재하고 있을 뿐이다."   - 오스카 와일드

그가 한 말처럼 오스카 와일드는 사는 것과 존재하는 것은 확실히 다르다고 주장했다.

우리는 지금 살고 있는 것일까? 아니면 존재하는 것일까? 한때 일상에서 유행처럼 번졌던 말 중 하나는 '죽지 못해 산다'였다. 그러던 중 한 예능 프로그램에서 유명 웹툰 작가가 눈치를 보지 않고 자신만이 방식대로 사고하고 행동하는 것을 보며 사람들을 그를 보고 태어난 김에 산다고 말했다. 그 주인공인 기안84

는 2023 MBC 연예대상에서 비연예인 최초로 대상을 받게 되었다. 예능에 출연하는 기안84를 보며 대중은 기존의 틀에 벗어난 행동을 하는 그를 흥미롭게 보기도 했지만, 한 편으론 눈살을 찌푸리기도 했다. 자신이 의지대로 행동하는 자가 사람들에게 흥미와 동경의 대상인 동시에 비난의 대상이 되기도 하는 것이다. 만약 그를 재평가할 수 있다면 과연 우리 중 누가 기안84보다 더 살아 있는 사람일까? 어쩌면 그저 존재하고 있는 우리가, 진짜 삶을 살아가는 그의 모습을 부러워하고 있던 것은 아닐까?

오스카 와일드의 말 또한 같은 맥락에 있다. 사는 것과 존재함을 나누는 가장 큰 차이는 사회가 정해준 기준대로 존재할 것인지, 자신의 의지와 주체성을 표현하며 살아갈 것인가에서 판가름난다. 늘 그러했듯 모든 것은 당신의 선택에 따라 달라진다. 다른 사람의 말과 의견에 내 인생을 맡겨 '존재'만 하는 인생을 살지 말고 내가 직접 인생의 운전대에 앉아 부딪히더라도 뜨겁게 인생을 살아보자. 더는 다른 사람의 시선에 인생을 낭비하지 마라.

앤드루 카네기
비양심적인 성공은 아무런 의미가 없다

성공하는 방법은 너무나도 많다. 서점을 가서 책을 뒤적거려도 되고, 인터넷을 검색해도 답을 쉽게 얻을 수 있다. 우리는 학창 시절부터 성공하는 방법을 꾸준히 배워왔다. 일찍 일어나고, 일찍 자고, 미루지 말고, 성실하게 살며, 예습 복습을 철저히 하자. 자꾸 핑계 대지 말고, 큰 꿈을 꾸고, 꾸준히 운동을 하라 등. 여기 있는 말 중 처음 들은 말은 단 하나도 없을 것이다. 우린 사회의 테두리 안에서 오랜 시간 동안 귀가 닳도록 성공하는 법을 배워왔다. 성공의 비결은 한 번도 비밀이었던 적이 없었다.

"성공에는 아무런 속임수도 필요 없다. 나는 언제나 주어진 일에 전력을 다했을 뿐이다. 다만 보통 사람들보다 약간 더 양심적으로 노력했을 뿐이다."
                                    – 앤드루 카네기

단언컨대 하루 중 우리가 가장 많이 들이는 노력은 발전하고 채우기 위한 노력이 아닌 노력하는 '척'이다. "저는 노력해도 안돼요."라고 말하는 사람은 노력하는 척만 했던 것이고, 스스로 속이는 것이 능해 자신을 속이고 어느 순간 남을 속이는 것에도 익숙해진 것이다. 안타깝게도 진짜 노력하는 사람은 노력해도 안 된다는 말은 하지 않는다. 그들은 이만하면 충분히 했기에 미련이 없다는 말을 한다. 노력은 어떤 식으로든 우리에게 결과를 남기고 한 단계 더 성숙할 수 있는 여지를 만들어 준다. 조금 실패해도 다음으로 나아갈 수 있는 힘을 주는 것이다.

이제 성공은 현대 인간의 삶에 중요한 철학이 되었다. 인간은 본능적으로 발전하고자 하는 욕구를 가지고 있으며, 이는 행동에 깊은 영향을 미친다. 성공을 향한 여정은 단순히 목표나 부를 달성하는 것을 넘어, 자아를 발견하고 스스로를 성장시키는 과정에 있다. 철학적 관점에서 성공은 단순히 눈에 보이는 가시적인 성취가 아니라, 내면적인 성장과 자기 인식의 증진을 의미한다. 많은 실존주의 철학자가 동의했듯 말이다.

다음은 철학적 기조를 바탕으로 한 성공의 세 가지 원칙이다. 아래 의미를 통해 우린 성공의 본연적 의미를 깊이 통찰할 수 있을 것이다.

첫 번째, 성공은 자기실현의 과정이다. 철학자 아리스토텔레스는 그의 주요 저작인 『니코마코스 윤리학』에서 인간의 최고 목표를 '유데모니아Eudaimonia'라고 했는데, 이는 종종 '행복'으로 번역

되지만, 더 정확히 표현하면 '잘 살아가는 삶' 혹은 '성취하는 삶'을 의미한다. 이는 단순히 재물이나 명예와 같은 외부적 성공을 넘어, 자신의 잠재력을 최대한 발휘하고 자신만의 가치와 목적을 실현하는 것을 뜻한다. 그렇기에 성공은 자신이 누구인지, 무엇을 진정으로 원하는지를 이해하고 그것을 실현하는 과정 자체를 의미하는 것이다.

두 번째, 성공과 자기 인식은 깊이 있게 연결되어 있다. 현대 철학자이자 작가인 알랭 드 보통은 그의 저서인 행복의 건축에서 개인의 행복과 성공에 대한 생각을 밝혔는데, 그는 사회적 지위, 재산, 명성과 같은 외부적 요인 외에 자기 자신과의 관계, 자기 인식 그리고 삶의 가치에 대한 이해가 행복과 성공에 중요한 역할을 한다고 말했다. 철학적 관점에서 볼 때, 성공은 자기 자신을 깊이 이해하고, 자신의 강점과 약점, 열정과 한계를 인식하는 것에서 시작한다. 내 현재 모습을 명확하게 직시하는 것, 뚜렷한 자기 인식은 우리가 진정으로 원하는 것이 무엇인지 그리고 그것을 달성하기 위해 어떤 노력이 필요한지를 깨닫게 해준다.

세 번째, 성공은 변화와 적응의 과정을 불가피하게 동반한다. 고대 철학자 헤라클레이토스가 말한 판타 레이Panta Rhei, 모든 것은 흐른다는 우리가 살아가는 세계의 본성이 끊임없는 변화로 이루어져 있음을 강조한다. 이러한 관점에서 볼 때, 성공을 향한 여정은 우리가 기대하는 것만큼 단순하게 이해할 수 없으며 수많은 변화의 기점을 맞이하며 울고 웃는 과정을 통해 알게 된다. 만약 이 말이 사실이라면 성공은 단순히 목표를 설정하고 달성하는 것이 아닌 오히려 변화하는 상황에 유연하게 적응하고 새로운 도전을 수용하며 성장하는 것을 의미하는 게 아닐까?

끝으로 앤드루 카네기의 "조금 더 양심적"이라는 표현을 챙겨 가길 바란다. 다른 사람을 누르고 남의 것을 가져가려는 심보로 성공을 이야기하지 말자. 속이려는 마음가짐으로 비양심적인 말과 행동을 일삼거나 의도적으로 타인을 혹하게 만들지 말자. 진실을 중요시 여기며 다른 사람보다 조금 더 양심적으로 살아가자. 순간적으로 생겨나는 손해의 느낌을 경계하고, 본연의 성공으로 가는 길을 바르게 걸어가면 그것이 당신을 더 나은 존재로 만들어 주고 빠른 성취를 가져다줄 것이다.

워런 버핏
당신의 자아상이 인생을 결정한다

우리는 스스로 인지하지 못한 무의식적 습관 속에서 삶을 살아간다. 아침에 눈을 뜨자마자 스마트폰을 확인하는 행동이나, 밥을 먹고 나서 눕는 행위 등, 작은 습관은 우리 일상을 소리 없이 지배하고 있다. 작은 습관의 무서움은 바로 하루하루를 살아가는 기분, 태도, 심지어는 미래의 자아상을 형성하는 데 큰 영향을 준다는 것이다. 워런 버핏의 "습관의 사슬은 너무 가볍게 느껴져서, 무거워질 때까지 그 존재를 깨닫지 못한다."라는 말처럼 우리는 일상이 망가져 가는 걸 느끼지 못한 채 습관을 반복하며 삶을 방치하고 있다.

안 좋은 습관을 인식하는 것은 긍정적 변화를 시작하는 좋은 첫걸음이 된다. 여기서 이야기하고자 하는 습관은 단순히 물건을 어디에 두고, 어디에 앉느냐에 대한 것이 아니라, 어떤 사고를 하는지에 대한 '생각 습관'이다. 많은 사람들이 아직도 실패와 좌절에 대해 단편적인 생각을 가지고 있다. 실패와 좌절은 오히려 우리를 강하게 만들고 이를 통해 성장할 수 있음에도 자신을 패배주의자라 여기며 프레임 씌우고, 세상 모든 것을 부정적으로만 바라보는 것이다. 사실 단순한 행동 습관을 고치는 것은 비교적 쉬울지 모른다. 그러나 머릿속에 깊숙이 박힌 습관적 사고는 굉장히 어렵다. 알아채기도 쉽지 않고 한 번에 수정하기 어렵기 때문이다. 더 괴로운 사실은 사고는 곧장 행동으로 연결되어 우릴 실시간으로 방해하고 있다는 점이다. 결국 우리에게 필요한 것은 사고방식의 패턴과 흐름을 바꾸는 내면 성찰이다. 당신에게 추천하는 습관은 내 상태를 자세히 들여다보고, 나 자신과 나누는 대화다. 너무 간단해서 김이 새는가? 하지만 기본적인 게 우리를 더 강력한 존재로 만들어 준다는 사실을 알아야 한다. 도리어 쉽기 때문에 대부분의 사람이 안 하고 있다는 점도 기억하자. 매일 아침, 화장실 거울에 보이는 내 두 눈을 바라보며 긍정적인 말을 해 주자.

1. 나는 강한 존재다.
2. 나는 내 삶의 주인이다.
3. 나는 사랑받을 자격이 있다.
4. 나는 매일 성장하고 있다.
5. 나는 충분하다.

나와의 대화는 내면을 빠른 속도로 변화시킨다. 이는 단순한

"Why do you sacrifice your life for others?"

자기 확언을 넘어서, 건강한 자아상을 재구성하고, 자신감을 높여주기도 한다. 내 마음이 결정만 내린다면 삶은 1분 만에 풍요로워질 수 있다. 그러니 긍정적 습관을 훈련하라. 매일매일 수행한다면 얼마나 멋진 사람으로 변모할 수 있을까! 습관은 단순히 일상의 일부가 아니라, 나의 미래를 바꿔줄 수 있는 중요한 요소이다. 그러니 습관이 내 삶에 어떤 영향을 주는지 인식하고 매일 긍정적 변화를 위해 노력하자.

벤저민 프랭클린
가치있는 인생 vs 가치없는 인생

"죽음과 동시에 잊히고 싶지 않다면 읽을 가치가 있는 글을 쓰라. 또는 글로 쓸 가치 있는 일을 하라." — 벤저민 프랭클린

이 말은 우리에게 깊은 울림을 준다. 머릿속에서 24시간 존재하는 주제는 아니지만, 죽음에 앞서 삶의 본질적인 의미와 가치에 대한 고민은 누구나 한 번쯤 해보았을 거다. 나의 존재가 무가치하다고 느낄 때, 우리는 깊은 우울감에 빠지곤 한다. 따분한 일상의 반복은 이런 부정적인 상태를 가속화시키고, 결국 어딘가에 끼인 기계의 부품처럼 이도 저도 못 하게 된다. 그런 상태가 방치되면 인생의 새로운 가치를 발견하기 위해 긴 여정을 떠나게 된다. 더 나은 삶을 향해 무거운 몸을 움직이기 시작하는 것이다.

가치 있는 삶을 산다는 것은 무엇을 의미할까? 일단 현재의 삶보다 훨씬 더 의미 있는 삶일 것이다. 사람마다 돈, 성공, 명예 등 다양한 곳에 가치를 둘 수 있지만, 이것이 가치 있는 삶을 명쾌하게 정의해주진 않는다. 가치 있는 삶의 진짜 의미는 나와 주변 사회에 어떤 영향을 끼치고 있는지에 달라진다. 거창한 무언가가

"Why do you sacrifice your life for others?"

아닌, 타인을 위한 작은 행동, 보이지 않는 마음이 지닌 가치 등 돈으로 환산할 수 없을 만큼 귀중한 것을 '가치'라 할 수 있는 것이다. 이런 과정에서 발견되는 효과를 우린 선한 영향력이라 부르며 이것은 또 다른 영향력을 불러일으켜 그 몸집을 불려 가니 가치는 무언갈 소유한다는 개념보다 함께 공유함으로써 탄생하게 된다는 관점이 더 옳다고 할 수 있다.

가치 있는 삶은 역시나 쉽지 않다. 많은 노력과 헌신, 때로는 희생을 요구할 것이다. 꽤 오랜 시간을 소모해야 할지도 모른다. 하지만 한 인간으로서 유의미한 일에 시간과 에너지를 사용하고, 그것을 통해 발전하고 타인의 삶에 긍정적인 영향을 미칠 때 우리의 삶은 비로소 가치 있게 변한다.

〈보람 있는 삶을 위해 필요한 5가지〉

1. 스스로와 대화하고 자신의 모습을 조각해 가라. 때론 확언으로, 때론 위로를 건네며 자신을 돌봐야 한다.

2. 거창함보다 소소함에서 감사와 행복을 누려라. 행복은 창조가 아닌 발견으로 이미 가진 것 안에서 찾는 것이 더욱 좋다.

3. 타인을 위한 선행을 실천하라. 나누는 것의 기쁨을 아는 사람이 그것을 꾸준히 하는 이유는 그 기쁨이 가장 강력하고 오래가기 때문이다.

4. 자신만의 열정을 찾아내, 그것을 따르라. 한 번에 찾진 못할 것이다. 그러나 한 번만 찾으면 된다. 열정은 삶을 움직이는 거센 원동력이다.

5. 멈추지 말고 배우고 성장하라. 어떤 시점에 멈춰버리는 성장은 진정한 성장이 아니다. 새로운 배움을 수용하고 도전에 응하는 자세가 삶의 가치를 깊이 있게 경험하게 만든다.

"Why do you sacrifice your life for others?"

윈스턴 처칠
내면의 적과 외부의 적을 물리쳐라

한자에서 학교를 뜻하는 배울 學배울 학자의 뜻을 풀어보면 정말 재미난 의미가 담겨 있다. 당시 시대상으로 공부를 했던 子아들 자, 지금은 남녀노소 가릴 것 없이 모든 사람들을 뜻한다자 위에 놓인 斅학 자를 살펴보면 臼깍지 낄 국에 爻사귈 효 + 冖덮을 멱을 합쳐서 만들어 놓았다. 즉, 가둬놓고 친구를 사귀고 공부를 하는 곳이라는 의미를 지닌 것이다. 한자가 만들어지던 시대도 지금과 마찬가지로 공부는 가둬놓지 않으면 유혹에서 벗어나기 쉽지 않은 학문이었나 보다.

요즘 시대를 살펴보자. 실제로 배움에 가장 큰 적은 누구일까? 숏폼, 친구, 웹툰, OTT, 침대 등 학생들에게 물어본다면 순식간에 수십 가지 유혹을 나열할 수 있을 것이다. 이처럼 우리를 유혹하는 요소는 무궁무진하다. 2차 세계대전을 겪고 노벨 문학상까지 받은 영국 총리 윈스턴 처칠은 유혹에 대해 이렇게 말했다.

"학문의 최대의 적은 자기 마음속의 유혹이다." - 윈스턴 처칠

그렇다. 처칠은 마음속의 유혹을 최대의 적으로 꼽았다. 우리

는 이것에서 벗어나지 못한다. 어쩌면 대부분 사람이 이것을 유혹이라 인지하지 못할 수도 있다. '마음속 유혹'은 곧 학문을 통해 내가 원하는 것을 얻지 못할 것이라는 생각, 원하는 목표를 달성할 자격이 없다는 두려움을 뜻한다. 핸드폰 보다, 침대보다 더욱 크게 학문을 방해하는 요소가 바로 두려움인 것이다. 여기서 한 가지 알아야 하는 것이 바로 학습효과에 대한 반면교사(부정적인 면에서 얻는 깨달음이나 가르침을 주는 대상)이다.

우리는 성장 과정에서 자연스럽게 '학습효과'라는 단어를 배운다. 시행착오를 겪으며 반성하고, 다신 그러지 않겠노라 다짐하며 실패를 계단 삼는 것이다. 그러나 이 학습효과는 교훈과 더불어 마음속에 두려움의 씨앗을 심기도 한다. 쉽게 말해, 어떤 사람은 실패를 경험했을 때 그것을 교훈으로 삼지만 어떤 사람은 좌절에 늪에 빠지는 것이다.

1) 긍정 - "아, 이 부분이 문제였구나! 다시 그러지 말아야지."

2) 부정 - "해봤는데 역시 안되네. 나는 이 정도밖에 안 되나 보다. 어쩐지…. 더도 말고 딱 중간만 가는 게 좋은 거였어."

1번은 반면교사의 예로 이상적이지만, 2번은 도전 의식을 깨뜨리는 실패자 마인드다. 분명할 수 있을 것 같아 자신감을 가지

"Why do you sacrifice your life for others?"

고 시작했던 일임에도 막상 하다 보면 가슴속에 피어나는 두려움으로 스스로를 의심한다. 이러한 것들은 점차 나를 포기하는 방향으로 데려가고, 무엇이든 적당히 하도록 만든다. 해 봤자 안 될 게 뻔하다는 결론에 이미 도달했으니 더 해야 할 이유를 발견하지 못하는 것이다.

당신의 마음속에 도전 의식과 열정의 불을 꺼지게 만드는 유혹이 있다면 꼭 기억하길 바란다. 도망친 자에게 낙원은 없다. 혹여나 당신에게 부정적인 말을 한 사람이 있다면 그들은 성공하지 못했던 자신의 그림자를 당신에게 씌웠을 뿐이며, 그의 과거는 당신의 과거가 아니고 그의 미래 또한 당신의 미래가 아님을 알아라. 타인이 규정한 한계를 넘고 내가 설정한 한계도 뛰어넘으면 경험하지 못한 성취가 발생한다. 새로운 가능성을 두려움으로 삼지 말고 기대감으로 받아들이자. 진정으로 원하는 것을 향해 거침없이 전진하자. 더 큰 것을 이룰 것이라는 가능성을 믿는 사람만이 제대로 배울 수 있고 성공이라는 맛을 음미할 수 있다.

R.W. 에머슨
스스로에게 물으며 인생을 살아가라

모두가 지름길을 통해 빠르게 목표를 이루고 싶어 한다. 그래서 이미 목표를 이룬 사람들에게 확실한 방법이나 팁을 얻고자 하고, 그렇게 얻은 팁을 실행에 옮기기 위해 발 빠르게 움직인다. 그 팁을 통해 해내는 사람들이 있는 반면, 약간의 성과를 이룬 뒤 이내 다시 곤두박질치는 사람도 허다하다.

왜 이런 일이 발생하는 걸까? 그들은 대체 무엇을 놓치고 있던 걸까?

그들이 놓치고 있었던 것은 바로 '지름길의 함정'이다. 앞서간 멘토로부터 얻는 조언이란 정확히 무엇일까. 그것은 우리가 빠른 길로 갈 수 있도록 돕는 아주 유용한 도구로, 멘토들이 겪은 수많은 시행착오를 두 번 겪지 않도록 시간과 에너지를 절약하게 해준다. 그러나 많은 이들이 이러한 조언을 단순한 '지름길'로 오해한다. 그들의 조언을 통해 더 쉽게, 더 빨리 목표에 도달할 수 있다고 착각하는 것이다.

"Why do you sacrifice your life for others?"

"힘은 샘물과 같이 내부에서 솟아나는 것이다. 힘을 얻으려면 자신의 내부에 샘을 파야 한다. 외부에서 힘을 구할수록 사람은 점점 약해진다."

-R.W. 에머슨

미국의 사상가이자 시인인 랠프 에머슨은 이처럼 사람을 샘물에 비유했다. 모든 답은 원천에서 발견해야 하며, 물줄기를 따라가야만 깊이 있는 물을 얻을 수 있다는 뜻이다. 다른 방법으로 물을 얻으려 하면 결국 소진되고 만다. 인간도 마찬가지다. 진정한 답은 자신의 내부에서 찾아야 한다. 잔재주를 통해 눈에 보이는 것만 좇다 보면 결국 지름길이 허상이었다는 것을 깨닫게 된다. **올바른 길만이 존재할 뿐, 빠르게 갈 수 있는 길은 없다.**

같은 날짜에 시작한 누군가가 빠른 성과를 내고 있다면, 그는 지름길을 가고 있는 것이 아니라 도리어 올바른 길을 걷고 있는 것이다. 그리고 당신 또한 올바른 길을 알게 되었다면, 비교하지 말고 주어진 길을 성실히 걸어 나가면 된다. 올바른 길이 빠른 길이라 하여도 정직하고 열심히 하지 않는 사람은 결코 목표에 도달할 수 없기 때문이다. 만약, 지금 걷는 길이 진짜 지름길이라는 생각이 든다면 아마 그것은 잘못 설정되었거나 잠깐의 효과만 낼 가능성이 크다. 그러니 목표로 향할 수 있는 올바른 길을 찾아라. 에머슨이 제안하는 가장 좋은 방법은 어느 누구에게 조언을 구하지 말고, 스스로에게 물으며 찾아가라는 거다. 그렇게 길을 찾아낸 사람은 결코 길을 잃어버리지 않을 것이며, 다른 길에서도 헤매지 않을 자신만의 '노하우'가 생길 것이다. 허나 반드시 혼자만 걸어야 한다는 말을 하고 싶진 않다. 우린 가끔 누군가의 도움이 필요한 존재며 그 존재로 인해 잘못된 내 방향을 다시금 재설정할 수도 있기 때문이다. 가장 중요한 건 조급함을 내려놓는 거다. 의지하고 빨리 성공하길 바라기만 하는 사람은 진정한 성취를 알지 못한다. 당신도 알 것이다. 그간 얻은 성취는 온전히 내가 한 선택에서 비롯됐다는 걸.

김구
겸손한 태도가 당신을 귀인으로 만든다

초대 임시정부의 주석을 맡았으며 지금도 가장 존경받는 독립 운동가인 김구 선생은 수많은 지도자 중에서도 유일하게 '선생'을 붙일 정도로 위대한 업적을 남겼다. 김구 선생은 평소 겸손함에 대해 강조했는데, 자신의 제자들에게 이런 말을 남겼다.

"칭찬에 익숙하면 비난에 마음이 흔들리고, 대접에 익숙하면 푸대접에 마음이 상한다. 문제는 익숙해져서 길들여진 내 마음이다."   – 김구

우리는 그를 '백범 김구 선생'이라는 이름으로 지칭하곤 하는데 그의 호인 백범白凡의 뜻을 아는 사람은 그리 많지 않은 듯하다. 물론, 지금은 이름으로 누군가를 부르는 것을 당연하게 여기지만 예전엔 실명경피속實名敬避俗이라 하여 남을 부를 때는 이름이 아닌 자字, 관례를 치르면 성인이 되었다는 의미로 지어주는 별명나 호號, 벼슬에 나가거나 사회 활동을 할 때 부르는 별명를 사용하는 관습이 있었다. 김구 선생의 호 '백범 白凡'은 '가진 것 없는白 평범한凡' 사람이라는 의미를 갖고 있다. 모든 이들의 존경을 받는, 당시 가장 높고 영향력 있는 위

치에 있는 사람이 '나는 아무것도 아닌, 별거 아닌 사람이다. 나는 늘 겸손함을 잃지 않고 살겠다'는 뜻을 이름에 담은 것이다. 끊임없이 자신을 채찍질하고 돌아보고, 자만하지 않겠다는 그의 굳은 심지는 곧 우리나라의 광복을 가져다주는 원동력이 되었다.

이와 같이 자신을 낮추고 겸손하게 살겠다는 뜻을 담은 호를 가진 이들이 또 있으니 바로 조선 전기의 대학자이자 사림파의 영수였던 점필제佔畢齋 김종직과 그의 제자 일두一蠹 정여창이다. 김종직은 후에 무오사화의 전초가 되는 '조의제문'을 지을 정도로 당대 최고의 학자이자 문장가였으나 그의 호는 '뜻도 모르고 글을 읽는 사람'이라는 의미를 지닌다. 정여창 역시 세자를 교육하는 시강원 설서를 지낼 정도의 학자였으나 그의 호는 '한 마리의 좀벌레'라는 뜻을 지니고 있다. 이들은 모두가 손꼽아 칭송하는 대학자들이었음에도 불구하고 자신을 낮추고 겸손함을 잃지 않았다.

보이는 것에 혈안이 된 요즘, 보통 사람들이 보기에 선뜻 겸손의 의미를 받아들이는 것은 쉽지 않을 것이다. 겸손을 하면 인정받기 어렵다는 생각에서 그 중간점을 찾기도 애매할 것이며, 심지어 '겸손'이라는 말은 끊임없이 주입식 교육을 받아온 우리에게 다소 추상적이고 고루한 단어처럼 느껴질 수도 있다. 하지만 아이러니하게도 모든 사람이 그 필요성을 알고 있고, 이것이 가져다줄 긍정적인 결과도 알고 있다. 오직 실천만 남은 것이 바로 '겸손'이 아닐까?

자, 그렇다면 우리 아주 작은 것부터 실천해 보자. 이제까지 알고 있었던 표현은 잠시 내려두고 겸손하지만 동시에 나를 돋보이게 하는 표현을 사용하길 바란다. 이 태도가 당신을 더 높은 곳으로 이끌어 줄 것이다.

〈겸손한 태도에 필요한 표현 10가지〉

1. 다른 분들 덕분입니다.
2. 저도 아직 배우고 있는 단계입니다.
3. 아직 부족한 점이 많지만 그럼에도 감사합니다.
4. 함께 해주셔서 감사합니다.
5. 혼자가 아닌 팀으로 함께 이뤄낸 결과입니다.
6. 앞으로도 많이 도와주십시오.
7. 저로 인해 좋은 결과가 있어 기쁩니다.
8. 도울 수 있어 제게도 너무 좋은 시간이었습니다.
9. 함께 할 수 있어 영광이었습니다.
10. 더 많이 성장하고 싶은 마음입니다.

마틴 루터 킹 2세
진정으로 위대한 사람이란

마틴 루터 킹은 자존감을 잃은 사람들에게 이렇게 말했다.

"누구나 위대한 사람이 될 수 있다. 왜냐하면 누구나 남에게 필요한 존재가 될 수 있으니 말이다. 대학을 가고 학위를 따야만 남에게 필요한 존재가 되는 것은 아니다. 학식 있고 머리가 좋아야만 그렇게 할 수 있는 것도 아니다. 사랑할 줄 아는 가슴만 있으면 된다. 영혼은 사랑으로 성장하는 것이니까." - 마틴 루터 킹

지금 당신은 어떤 삶을 살고 있는가? 이 질문에 대하여 누군가는 자신의 삶에 '패작'이라는 이름을 붙일 것이고, 또 다른 누군가는 그 의미를 생각해 본 적이 없다고 답할 것이다. 혹은 희박하게 자신의 삶에 만족한다는 답을 들어볼 수도 있겠다. 최근 매스컴에서 나오는 기사나 작품 속에서 그려지는 현실은 무척이나 암담하다. 열심히 공부하고 일하며 살아가도 사회에서 요구하는 '성공한 삶'과 비교하면 한없이 부족하다. 어렸을 적, 영웅이나 위인들의 업적을 보며 "나도 저런 사람이 될 거야!"라고 외쳤던 나는 이미 과거 속에 있는 것도 아닌 그저 삭제된 것만 같다. 갑

자기 이런 질문이 문득 든다. 과연 성공한 삶이 진짜 행복한 삶인 걸까? 그렇다면 성공이란 뭘까?

현대 사회는 성공을 명예, 권력, 자본과 같은 외적인 요소로 판단하는 경향이 있다. 이런 경향 때문에 많은 사람이 삶을 무가치하다 느끼는 것이다. 하지만 진정한 가치는 타인과의 비교가 아닌, 내가 가진 가능성에 대한 믿음과 세상을 사랑하는 마음에 달려 있다. 마틴 루터 킹 2세의 말처럼, 필요한 존재가 된다면 누구나 위대해질 수 있으니까.

꼭 위대한 업적을 쌓으려 노력하지 않아도 된다. 위대함을 과도하게 추구하는 것 또한 외적인 요소를 과하게 추구하는 것과 무엇이 다르겠는가. 옆에 울고 있는 사람에게 휴지라도 건넬 수 있다면, 상처를 입은 사람에게 반창고를 건네줄 수 있다면, 타인의 비난에 위축된 사람에게 작은 위로를 해줄 수 있다면 당신은 충분히 누군가에게 가치 있는 사람이 될 수 있다. 할 수 있다면 조금 더 욕심을 내어 지독한 현실을 살아가는 나 자신을 보듬어 주는 것도 좋겠다. 나와 남을 품을 수 있는 사람이 된다면 이 세상 그 무엇보다도 값지고 귀한 가치를 지니게 될 것이다.

그러니 당신이 살아가는 삶을 사랑해 주길 바란다. 다른 사람에게 따스한 온기를 나눠주고 타인을 평가하며 비수를 꽂는 대신 그 사람의 장점을 발견해 줄 수 있는 사람이 되길 바란다. 단언컨대 당신은 그런 사람이 될 수 있다. 그만큼 위대한 성공이 어디 있고, 고귀한 가치가 어디 있겠는가. 가장 중요한 것은 무슨 일이 있어도 사랑을 잃어선 안 된다는 것이다.

피카소
결국 자신이 원하는 것을 이뤄낸 사람들의 특징

"나는 어린애처럼 그릴 수 있게 되는 데 50년이 걸렸다."

- 피카소

피카소는 스페인의 화가이자 작가, 예술가, 조각가로서 20세기를 대표하는 미술가 중 하나로 꼽히는 인물이자 현대 미술의 거장으로 인정받은 인물이다. 사물의 해체를 통해 새로운 시각의 지평을 연 피카소는 전쟁의 참상을 감각적으로 그려낸 '게르니카' 뿐만 아니라 입체주의를 상징하는 '우는 여인' 등의 걸작들을 그려냈다. 그런 그가 어린아이처럼 그림을 그릴 수 있게 되는데 50년이 걸렸다니 믿지 못할 얘기다. 더욱이 우리의 유년 시절을 떠올려보면 피카소의 명언은 쉬이 납득될 수 없다. 처음 선물받은 크레파스로 투박하게 그려낸 낙서 같은 그림부터 초등학교 숙제라는 이름으로 강제로 그려서 내야 했던 그림일기. 미술 수행 평가라는 이름으로 정해진 그림을 그려내던 기억은 누구에게나 있을 것이다. 획일화된 교육과 함께 그리는 방식을 습득한 우리는 사회에서 요구하는 그림을 그려내지 못했을 때 인정을 받지 못하는 경험을 했다.

여기서 우리가 간과하고 있으며 또한 중요하게 여겨야 할 것이 있다. 그건 바로 천재성은 어린아이에게 있다는 것이다. 어린아이는 어떤 정보를 습득한 채로 그림을 그려내지 않는다. 오직 자신이 본 것을 새하얀 도화지에 편견 없이 그려낼 뿐이다. 그림에 대한 개념과 사회적 인식에 구애받지 않고 자신이 그리고 싶은 대로 그리는 것. 우리가 보기엔 기괴하고 상식에서 벗어난 형태로 인식되지만, 그것이 미학적 가치를 인정받는 건 자유롭게 감정과 생각을 표현했기 때문이다. 우리는 세상이 정한 규칙대로 인생이라는 그림을 그리고 수많은 잣대와 평가에 의해 상처받고 나만의 그림을 그리고 싶다는 욕망을 서서히 죽인다. 하지만 누군가에게 인정을 받아야 한다는 강박을 부수고 타인이 규정한 틀에서 벗어난다면 나만의 개성을 되찾을 수 있다.

마음속에 의심이 들 수도 있다. 타인의 시선과 규율에 얽매이지 않는 삶을 산다는 것은 불가능처럼 느껴질 수 있다. 하지만 한 분야의 정점에 이른 거장의 사례를 보면 그들은 타자의 생각과 편견에도 자신이 좋아하는 것을 꾸준히 했을 뿐이다. 무언가를 할 때 반드시 성공해야 한다는 강박을 버린 채 자신이 가진 모습으로 끝까지 도전하였을 때 오히려 좋은 결과가 나오는 경우가

"Why do you sacrifice your life for others?"

많다. 하늘을 우러러 죽는 순간 한 점 부끄러움이 없는 인생! 자신이 가진 장점을 타인이나 사회의 시선에 의해 하수구에 버리지 말자. 내가 좋아하는 것을 나의 장점으로 승화하는 순간, 인생을 뒤바꾸는 기회가 생기고 기대하지 않았던 삶이 뒤따라올 것이다.

자, 이제 당신은 무엇을 향해 나아갈 것인가?

니콜로 마키아벨리, 『군주론』
불만의 끝에 가보면 불만이 있다

인생에서 완전한 만족을 찾는 것은 사실상 불가능하다. 인간의 욕망은 삶을 살아가는 데 있어 중요한 원동력이다. 욕망이란 단어가 부정적인 느낌을 줄 수 있지만, 실제로 욕망이 없는 삶은 죽은 것과 다름없다. 그러나 인간이 가질 수 있는 욕망에는 한계가 있으므로, 우리는 욕망을 적절히 조절하고 어느 정도의 선을 지켜야만 한다. 니콜로 마키아벨리는 『군주론』에서 흥미로운 이야기를 통해 이를 설명한다.

"예전 직장에 불만을 가지고 직장을 옮긴 사람은 새 직장에서도 불만을 가진다."   – 니콜로 마키아벨리

이는 인생에서 완전한 만족을 찾는 게 어렵다는 것을 보여준다. 대부분의 사람이 이 메시지의 의미를 단번에 이해할 수 있을 것이다. 우리는 직장을 선택할 때, 가능한 최선의 선택을 한다. 그 순간부터 그 직장은 내가 선택할 수 있는 최선이 된다. 만약 우리가 직장 생활을 하며 발전하지 않는다면, 경력과 연차 외에는 별다른 것이 쌓이지 않는다. 대다수의 직장인은 자신의 선

택이 최선이었음에도 계속 불만을 토로한다. 이 불만을 해소하는 방법은 사람마다 다르다.

불만만 많은 사람과 불만을 통해 더 나은 미래를 꿈꾸는 사람은 근본적으로 다르다. 불만만 가진 사람은 불만을 해결하려 하지 않고, 꾸준히 불평만 한다. 반면, 더 나은 미래를 꿈꾸는 사람은 문제가 발생하면 해결책을 찾으려 한다. 이 태도에는 큰 차이가 있다. 앞서 말했듯 삶에서 모든 것이 만족스러울 수는 없다. 재벌조차도 자신의 삶에 불만을 느끼고 때로는 스스로 유명을 달리하기도 한다. 불만이 생긴다면, 그것을 해결하기 위한 노력을 해야 한다. 심플하지 않은가? 삶은 그런 과정이다. 불만을 가진 사람은 자신의 불만을 주변 사람들에게 전염시키려 하고, 해결을 바라지만, 실제로는 아무도 그 불만을 해결해 주지 않는다. 그러니 투덜대는 입을 멈추고, 스스로 그것을 제거하려고 노력해야 한다. 최선의 선택지를 최악의 공간으로 만들지 마라. 같은 태도로 이직한다 해도, 같은 문제가 반복될 것이며, 결국 아무것도 해결하지 못한 채 부정의 굴레에 빠지게 될 것이다. 이것은 우리의 삶 전체에서도 마찬가지다. 무엇을 해결하려는 태도는 당신을 음지에서 꺼내준다는 걸 기억해야 한다. 매일 1%라도 더 나아지려고 노력하라. 작은 숫자 같지만 그것은 복리처럼 불어나 당신을 거대한 존재로 만들어 줄 것이다.

왜 당신은 다른 사람을 위해 살고 있는가

니체
하루를 시작하는 최고의 방법

"하루의 생활을 다음과 같은 일로 시작하는 건 무엇보다도 좋은 일이다. 즉, 눈을 떴을 때 오늘 단 한 사람에게라도 좋으니, 그가 기뻐할 만한 어떤 일을 할 수 없을까 하는 생각…."

– 프리드리히 니체

당신은 아침에 눈을 뜨면 무슨 생각을 하는가?

애니메이션 코난의 노래 가사에는 "아침에 눈을 뜨면 지난날이 궁금해"라는 문장이 나온다. 지긋지긋한 하루가 또 시작된다며 울상을 짓는 사람에겐 다소 현실성 없는 표현이라 생각할 수도 있다. 그러나 나는 니체의 표현을 바탕으로 한 가지 노래 가사를 더 소개하고 싶다.

혹시 스펀지 밥이 흥얼거리는 "월요일 좋아"는 어떤가? 월요일 아침을 맞는 직장인들과 학생, 그리고 대다수의 사람은 이번에도 스펀지 밥이 괴짜이기에 가능한 발상이라고 말할지 모른다.

맞다. 우리가 살아가는 삶은 끝없는 노동과 학습, 그리고 인맥

"Why do you sacrifice your life for others?"

쌓기, 성과 올리기 등, 즐거움과 궤를 달리하는 성과 위주의 반복이다. 듣기 싫은 상사의 고함을 마주해야 하는 회사, 발전만 요구하는 현대 사회, 가족들의 잔소리 등 우리의 일상은 온통 괴로움만 가득 차 있는 것만 같은데 도리어 애니메이션 속 캐릭터는 일상에 즐거움만 가득해 보인다. 그러나 니체의 표현을 빌려 그 마인드를 이렇게 전환해 보자.

참새들은 매일 아침 지저귀며 주변 새들의 안부를 확인한다. 밤사이에 변고를 당하지 않고 무사히 오늘을 맞이했다는 행복에 지저귀는 것이다. 그리고 보니 나 또한 힘든 하루를 무사히 살아내고 새로운 아침을 맞이했다. 새로운 날은 아직 살지 않은 하루로 어떤 일이 있을지 감히 규정할 수 없고 의외로 좋은 일이 나를 기다리고 있을 수도 있다. 주변을 돌아본다. 사랑하는 사람들은 어느새 당연한 존재가 되어버렸지만, 다시 생각해 보면 참 고맙고 정겨운 사람들이다. 지쳤던 일상에 내가 그들을 홀대하진 않았는지 새삼 생각해 본다. 누군가는 큰 사고를 당해 어려움을 겪을 수도 있고, 일이 잘 풀리지 않아 힘든 시간을 보낼 수도 있다. 내가 그들에게 위로가 되어준 적이 있었는가?

일어나자마자 딱 1분이다. 그 1분 동안 감사하는 생각을 통해 새로운 하루에 너무 큰 중압감을 가지지 않았으면 좋겠다. 현실적인 이유로 아침을 맞이한다는 것이 큰 괴로움이자 지루함인 걸 안다. 하지만 새로운 하루에 신선함을 더하고 싶다면 나와 관계된 가족, 친구, 동료에게 사소한 행복을 줄 수 있는 일을 해보면 어떨까? 아침 식사 준비도 거창하다. 그저 나보다 조금 늦게 일어난 가족에게 따뜻한 커피 한 잔을 건네고 아침에 마주친 동료에게 반갑게 인사하며 안부를 물어보면 된다. 행복은 그리 멀리 있지 않다. 마음만 먹으면 지금 당장 느낄 수 있는 것이 있다. 사소한 온정이 우리 삶에 끼치는 영향력을 무시하지 말자.

오늘 이후로 아침을 두려워 말자. 불쾌하게 시작하지도 말자. 그저 새롭게 주어진 하루를 충실하게 살자. 오늘을 마주하지 못한 사람들이 무수히 많음에도 그대는 무사히 아침햇살을 마주했다. 그것만큼 축복받은 삶은 없다.

호메로스, 『일리아드』
불가능한 한계를 넘어서는 방법

그리스의 위대한 시인 호메로스는 『일리아드』라는 위대한 서사시를 남겼다. 그 안에서 아킬레우스를 비롯한 수많은 영웅호걸이 등장하지만, 그중에서도 그리스의 대영웅 아이아스는 단연 압도적이다. 그런 아이아스를 보고 대담한 말을 남긴 사람이 있는데, 그 사람은 바로 트로이의 왕자 헥토르다. 그는 남들보다 몇 배 큰 덩치를 가졌으며 아킬레우스에 버금가는 아이아스의 명성을 듣고서도 기꺼이 그와의 결투에 응하며 다음과 같은 말을 남겼다.

"다가오는 적을 보고 두려움에 심장이 두 배로 빠르게 뛸지라도, 스스로 도전한 이상 달아날 수 없습니다."   - 헥토르

헥토르가 그 승부를 기다렸다거나 원한 것은 아니다. 다만, 헥토르가 달아나면 수많은 트로이인의 죽음이 예정되어 있었기에 그는 무분별하게 죽어야 하는 트로이인을 위해 기꺼이 대결에 임했다. 이러한 헥토르의 마음가짐 덕분일까, 일리아드에서 가장 훌륭하고 위대한 영웅을 뽑으라 하면 대부분 헥토르를 언급한다.

우리는 소유한 '나의 인생'을 살아가지만, 세상의 주인공이 될 수는 없다. 주인공이라는 느낌이 있을지언정 모든 싸움과 모든 상황에서 승리를 거두진 못한다. 살다 보면 때때로 이길 수 없는 적을 마주하기도 하며 그 결과로 무참하게 깨지기도 한다. 그러나 매번 깨지기만 할 수 없기에 어떤 순간이 도래하면 배수진을 치고 한계를 넘어서기 위한 싸움을 해야 한다. 바로 나 자신을 벼랑 끝으로 몰아붙이는 것이다.

성공하든 실패하든 일단 부딪혀보는 거라며 불가능해 보이는 아성에 도전하게 될 때 우리는 헥토르의 위대함에 한 발짝 더 가까워진다. 누군가는 이길 수 없는 아이아스를 향해 걸어가는 헥토르를 바라보며 쓸데없는 만용을 부린다며, 시간만 낭비할 것이라 손가락질을 한다. 그러나 세상의 모든 성공 스토리는 불가능에 도전하는 일로 시작됐다. 그리고 위대한 인생은 그것을 가능하게 만드는 과정에서 만들어진다. 여기서 놀라운 사실은, 앞서 말했던 아이아스와의 싸움에서 헥토르는 치열한 싸움에서 무승부를 내고 물러났다. 이후 두 사람은 서로의 실력을 존중하며 예우를 갖추고 깊은 우정을 나누게 된다. 그렇게 헥토르는 트로이를 구원한 진정한 영웅으로 거듭나게 된다.

세상일이 어떻게 흘러갈지 우리는 예측할 수 없다. 무작정 안 된다는 말에 귀 기울일 필요 없는 이유가 바로 이것이다. 정말 모르기 때문에, 일단 해봐야 알 수 있다. 그러니 인생을 살다가 어려운 적을 만나면 헥토르의 태도와 말을 기억하자. 달아나지 말고 최선을 다해 후회 없이 싸워보자. 결과는 그 이후에 들여다봐야 아는 것이며 의외로 당신은 잘 싸울 수 있다.

더는 도망치지 마라. 마주해야 비로소 보이는 것이 있다.

알프레드 몬타퍼트
운명을 넘어 삶을 주도하는 방법

가끔씩 항거할 수 없는 운명에 휩쓸려 아무것도 하지 못하고 세상의 격류에 휩쓸리는 기분을 느낀 적 있을 것이다. 그럴 때마다 우리는 불행한 자신의 인생을 한탄한다.

"왜 이렇게 안 풀리는 걸까, 왜 자꾸 불행한 걸까."

이렇게 자조 섞인 물음으로 하루를 삼킨 경험이 있을 것이다. 어떤 이들은 닥쳐올 시련을 피하기 위해 점을 보고 타로를 보러 다니기도 한다. 때때로 우리는 험난한 세상을 어떻게 살아가야 할지 걱정하며 울상을 짓는다. 운명에 휘둘리는 우리의 모습에 자기 계발 전문가인 알프레드 몬타퍼트는 선명한 일침을 남긴다.

"당신의 삶이 당신의 계획이나 당신의 행동보다 더 나아질 수는 없다. 즉, 당신 스스로가 당신의 운명을 만드는 설계자이자 건축가라는 것이다."
　　　　　　　　　　　　　　　　　　　　　- 알프레드 몬타퍼트

그의 말은 2가지 메시지를 담고 있다. 첫 번째 메세지는 주체성이다. 내 삶의 주인이 나이길 원하면 직접 삶을 바꿀 수 있다는 의미인데, 사실 많은 사람이 표면적인 의미만 받아들이며 실제 의미를 착각하곤 한다.

어떤 사람에게 "삶의 주인은 바로 당신입니다"라고 말하면 일반적으로 인지의 영역에서 멈춘다. 진짜 받아들여야 하는 핵심은 '주인이 당신이니 더 나은 선택을 내려야 합니다'이다. 당신이 주인이기 때문에 '마음대로 하세요'가 아닌 더 나은 삶을 위해 '기존과 다른 행동을 하세요'라고 받아들여야 하는 거다.

주체성의 올바른 설명은 아래와 같다

- 개인이나 집단이 자신의 생각, 감정, 행동에 대해 스스로 결정하고 책임지는 능력이나 상태.
- 자기 자신의 가치, 신념, 목표를 스스로 정립하고, 외부의 압력이나 타인의 기대에 휘둘리지 않고 독립적으로 판단하고 행동할 수 있는 자율성.

알프레드 몬타퍼트가 남긴 문장의 두 번째 메시지는 바로 '계획과 행동, 그리고 반복'이다. 우리에게 주체성이 있고 그것을 바탕으로 새로운 결정을 내릴 수 있다는 자유의지를 깨달았다면 이제 그 에너지를 모아 기존과 다른 상태에 이르기 위한 계획 - 행동 - 반복을 시작해야 한다.

왜 그는 인생을 건축가, 설계자로 표현했을까? 건축가가 빈터 위에 건물을 세우듯, 우리는 삶이라는 공간을 계획(설계)하고, 그 계획에 따라 행동(건축)하며, 그 과정을 반복함으로써 바라는 삶으로 나아갈 수 있다. 이러한 과정은 단순히 운명에 자신을 맡기거나 타인에게 의지하는 것이 아니라, 적극적으로 자신의 운명을 직접 개척해 가는 것을 의미한다. 아래는 당신의 견고한 건축을 위한 3가지 지혜다.

1. 계획은 목표를 설정하고, 그 목표를 달성하기 위한 구체적인 방법을 마련하는 과정이다. 이는 우리가 어디로 가고 싶은지, 무엇을 이루고 싶은지에 대한 명확한 비전을 제공한다. 계획 없이는 에너지와 자원이 분산되어 효과적인 결과를 얻기 어렵다.

2. 행동은 계획을 실제로 실행에 옮기는 단계이다. 계획이 있어도 그것을 실행에 옮기지 않으면 아무런 변화도 일어나지 않는다. 행동은 때때로 용기와 결단력을 요구하며, 우리가 직면한 두려움과 불확실성을 극복하게 하여 고착된 나를 전진하게 한다.

3. 반복은 계획과 행동의 지속적인 실행을 의미한다. 성공은 하룻밤 사이에 이루어지지 않으며, 지속적인 노력과 인내가

"Why do you sacrifice your life for others?"

필요하다. 반복을 통해 우리는 점차 목표에 가까워지고, 중간에 발생하는 실패에서 교훈을 얻으며, 더 나은 방향으로 나아갈 수 있다.

이러한 계획 - 행동 - 반복의 과정은 우리가 삶을 주도적으로 설계하고, 건축하며 궁극적으로 원하는 삶을 실현할 수 있게 한다. 다시 말하지만 우리는 모두 삶의 건축가이자 설계자이며, 우리의 선택과 행동이 밝은 미래를 만든다. 따라서 자신의 삶에 대한 책임을 지고, 계획을 세우며, 그 계획에 따라 행동하고, 그 과정을 반복함으로써 자신이 원하는 삶을 창조해야 한다. 이것이 바로 우리가 주어진 운명을 넘어서 삶을 주도할 수 있는 단 하나의 방법이다.

공자, 구이경지 久而敬之

도량이 넓어지면 만사가 평안하다

공자는 제자백가시기에 여러 나라를 떠돌며 정치에 관해 가르침을 주던, 지금으로 말하면 일종의 컨설턴트였다. 끼니도 굶어가며 힘들게 한 나라에 정착하지도 못한 채 떠돌아다녀야 했지만, 그에게는 여러 명의 제자가 든든하게 존재하고 있었다. 어느 날, 한 제자가 그에게 "친구를 사귐에 있어서 어떻게 해야 하는지 가르침을 주십시오."라고 묻자, 공자는 이렇게 말했다.

"안평중은 사람을 잘 사귄다. 오래되어도 공경함을 잃지 않는구나."

안평중은 제나라에서 세 명의 군주를 보필했던 안영晏嬰을 말한다. 약 40년 동안 제나라의 제상으로 위상을 높였으며 '의기양양'이라는 사자성어의 주인공이기도 하다. 공자는 그러한 안평중을 존경했고 안평중 또한 그런 공자를 존경했다. 하지만 공자가 제나라를 방문했을 때 안평중은 그를 반대하며 머물지 못하게 했다. "유학자는 말재간이 있어 법으로 규제할 수 없다"는 이유를 대면서 말이다. 그럼에도 공자는 그를 칭찬했다. 공과 사를 제대로 나누는 그의 태도를 높이 평가했기 때문이다.

'구이경지久而敬之, 오래 사귀었지만 서로 존경한다'라는 사자성어가 바로 이 둘의 이야기다. 공자와 안평중의 관계를 바라보며 우리는 두 가지 교훈을 얻을 수 있다.

첫 번째로 친구를 사귐에 있어서 우리는 시간이 지날수록 편하다는 이유로 스스럼없이 대하거나 상처 주는 말을 하는 경우가 있다. 오랜 시간을 함께했지만, 상대의 마음을 더 깊이 헤아리기보다 '이미 알고 있겠지'라는 생각으로 상대의 반응에만 관심을 기울이고 있는 거다. 슬프게도 이러한 당연함과 관계적 이기심이 크게 표출되는 곳이 바로 가족이나 가까운 친구다. 나에게 가장 소중한 사람을 향한 태도와 소통방식을 한번 점검해 볼 필요가 있다. 안평중의 처세술처럼 오랜 시간이 지나고 또 지나도 공경함을 잃지 않는 예의와 진중함이 필요하다.

두 번째로 작은 것에 큰 것을 놓치지 않는 대인배의 마음이다. 안평중이 공자의 거취를 응하지 않았을 때 공자는 충분히 불쾌할 수 있었을 것이다. 더군다나 "내가 좋게 칭찬해 주었는데", 혹은 "괜찮은 사람인 줄 알았는데 아니었군!"라고 말하며 감정적인 행동을 보였을 수도 있다. 하지만 성인이라는 단어에 걸맞게 공자는 격분하지도, 뒷담도 하지 않으며 안평중을 그 자체로 인정해 주었다. 그렇기에 우린 작은 불쾌함에 관계 전체를 그르치는 일을 삼가야 하며 타인이 비록 나에게 작은 불쾌한 일을 했을지라도 그 사람의 장점과 처지를 동시에 이해할 수 있는 도량을 갖추어야 한다.

물론 '성인도 아니고, 공자도 아닌데 그렇게까지 해야 할까'라는 생각이 들 수도 있지만 감정을 통제하여 누군가의 존경을 받는 한 인간이 되기 위해선 우리는 끊임없이 불편하지만, 옳은 것을 행해야 한다. 옳은 일을 행하는 것은 정말 쉽지 않다. 흔히 좋은 약은 입에 쓰다고 하지 않는가. 힘든 운동을 했을 때 근육이 키워지고, 주중에 열정을 쏟아부었기에 주말이 더욱 달콤한 것처럼 두터운 관계를 위해선 불쾌한 상황도 조금 감내해야 한다.

관계란 결국은 도량의 문제다. 새롭게 맞이하는 하루는 작은 부정과 불쾌함에 일일이 반응하지 않고 넓은 마음으로 품고 이해해 보면 어떨까? 의외로 불쾌감이 빠르게 사라지며 얼마 지나지 않아 기억의 저편으로 사라져 버리는 것을 느낄 수 있을 것이다. 넓은 도량은 당신의 관계를 맑게 하는 마법과도 같다.

『명심보감』, 〈성심편〉
우울한 하루를 1초 만에 바꾸는 방법

눈이 오는 날을 떠올려 보자. 사람들은 사진을 찍어 SNS에 올리기도 하고 친구들이 있는 대화방에 사진을 공유하기도 한다. 첫눈이라는 단어는 또 얼마나 설레는 단어인가. 첫눈이라는 이름만으로도 다양한 시나 소설이 있을 만큼 단어가 전하는 강력한 느낌이 있다. 그뿐만 아니라 눈을 떠올리면 연인들의 마음을 설레게 하는 화이트 크리스마스도 생각난다. 추운 겨울날 서로 손을 꼭 붙들고 온기로 눈을 녹이는 연인의 모습은 또 얼마나 사랑스러운가. 하지만 이런 긍정의 정 반대편에 가보면 눈이 온다는 이유로 불평불만을 하는 사람이 있다. 길이 막히지는 않을지, 가다가 미끄러져서 넘어지진 않을지. 또 이번 크리스마스에도 혼자인 자신의 모습을 한탄하며 괜히 입술을 내미는 것이다. 심지어 눈은 그저 비가 낮은 온도에서 고체화되는 화학적 반응에 불과하다는 과학적 소견을 앞세우며 자신을 위로하기도 한다.

눈이라는 현상에 있어 왜 두 집단은 이토록 다른 생각을 하는 걸까. 명심보감 성심편에는 이런 구절이 있다.

허경종許敬宗이 왈曰:

"춘우여고春雨如膏나 행인行人은 오기이녕惡其泥하고, 추월秋月이 양휘揚輝나 도자盜者는 증기조감憎其照鑑이니라."

해석하면, 춘우, 즉 봄비는 농부에게는 기름만큼이나 귀한 선물이지만, 행인은 괜히 흙탕물이 튄다고 싫어하고, 가을 달이 휘영청 밝아 보기도 좋고 다니기는 좋지만, 도둑들은 밝아서 싫어한다는 뜻이다.

이제 오늘 하루를 한번 돌이켜 보자.

당신이 아침에 눈을 떠 보니 기상 시간보다 일찍 일어났다. 더 잘 수 있었는데 괜히 눈이 일찍 떠졌다고 짜증날 수도 있다. 출근길 지하철에는 앉을 자리가 없어 또 짜증이 나고, 점심시간엔 메뉴를 고르기 힘들어 짜증이 나고, 집에 돌아오면 한 것도 없는데 하루가 끝나버려 짜증이 난다. 하루 종일 힘들어서 분명 집에 가면 쓰러져 잘 줄 알았는데 막상 누우니 잠은 또 왜 이렇게 안 드는지. 도통 마음에 드는 게 하나도 없는 하루를 보내진 않았는가.

자, 그럼 이제 관점을 바꿔서 다르게 생각해 보자.

어제는 늦게 일어나서 아침을 못 먹었는데 오늘은 일찍 일어나서 맛있는 아침밥을 먹을 수 있었다. 지하철역에 도착해 보니 마침 지하철이 도착하고 있어서 사람은 많았지만 바로 지하철을 탈 수 있었다. 앉을 자리는 없었지만 그래도 타이밍 좋게 바로 탄 게 어딘가. 점심시간에 뭘 먹을지 고민하다 보니 시간이 빨리 갔지만, 회사로 돌아오는 길에 좋아하는 라테를 한잔 사서 들어왔다. 집에 돌아오는 길에 지하철 밖에 보이는 노을이 참 예쁘다. 하루를 열심히 살아냈다는 생각에 새삼 기분이 좋아진다. 집에 도착한 내 몸은 녹초지만 그래도 좋아하는 음식과 영화 한 편을 보고 잘 생각을 하니 꽤 설레는 기분이다. 그렇게 하루를 마무리하며 잠들기 전에 오늘 하루를 돌아보면 꽤 괜찮은 하루가 아닌가? 대단하진 않지만 소소하고 행복한 인생이 이런 게 아닐까?

두 가지 예시를 통해 당신에게 전하고 싶은 삶의 철학은 이렇다.

1. 우리의 하루는 어떻게 생각하느냐에 따라 좋은 하루가 될 수도 있고 나쁜 하루가 될 수도 있다.
2. 불평은 끝이 없으니 애초부터 내게 도움이 안 된다.
3. 매 순간 나의 불편한 감정을 개선할 수 있는 방법은 항상 존재한다. 내가 불편한 감정에 있기로 결정했을 뿐이다.
4. 내가 스스로 더 나은 상태가 되고자 하지 않으면 남이 나를 낮게 만들어주는 경우는 거의 없다.

당신이 살아가는 인생이라는 드라마 장르는 당신이 결정하는 것이다. 코미디일 수도 있고, 호러일 수도 있고, 멜로물일 수도 있고, 스릴러일 수도 있다. 그리고 그 장르를 결정하는 가장 중요한 요소(사실 너무 간단하다)는 당신이 어떤 마음을 먹느냐에 따라 달려 있다. 그런 의미에서 내일은 웃음이 빵빵 터지는 코믹 일일드라마 한 편으로 하루를 살아보면 어떨까?

『손자병법』, 〈제4편 군형〉
100번 싸워 100번 승리하는 방법

춘추시대 오나라의 최고 명장이자 최고의 책략가인 손무가 작성한 손자병법. 전장에서 승리하기 위해 필요한 책략이 담긴 병법서로 여러 시대를 걸쳐 최종적으로 총 82편이나 나왔을 정도로 방대한 지혜가 담겨 있다. 특히나 그 유명한 조조가 손자병법을 상당히 선호한 것으로 알려졌는데, 전장에서 승리하기 위해 고안되었던 전략이 어쩌면 지금 우리 삶에 필요한 생존전략과 꽤 많이 닮아있다는 점에서 여전히 그 가치가 존재한다. 손자병법에서 강조하는 승리하기 위해 갖춰야 할 태도는 '승리하는 군대는 이겨놓고 싸운다'는 명제에서 가장 잘 드러난다.

이겨놓고 싸운다는 표현을 어떻게 이해하는 것이 가장 좋을까? 이것은 바로 승리를 위한 준비 태세를 의미한다. 이 말의 가장 중요한 핵심은 자만심이나 수적 우위로 밀어붙여 승리를 쟁취한다는 의미가 아니라 최고의 승리는 '언제든 승리할 수 있는 준비 태세'가 갖춰져 있느냐 갖춰져 있지 않느냐에 달려 있다는 것이다.

『손자병법』의 이 전략은 이순신 장군에게서도 발견할 수 있다. 이순신 장군은 우리나라뿐만 아니라 전 세계적으로 위대한 장군 중 한 명이다. 우리가 잘 아는 것처럼 그는 수적으로 압도적인 우위를 가진 일본 수군을 상대로 23전 23승이라는 믿기지 않는 업적을 이뤄냈다. 이순신 장군은 매번 반드시 이길 수 있다는 확신을 가진 전투에만 임하는 것으로 유명했는데, 13척의 배로 133척의 일본군을 막아낸 명량 해전이 가장 대표적이다. 그는 위대한 전술 능력만큼 병사들을 철저히 훈련시켰고 열악한 상황 속에서도 힘을 모아 먹는 것을 줄여 함께 거북선을 만들고, 아무리 그의 측근일지라도 누구 하나 예외 없이 철저하게 군법으로 다스렸다. 허나 그는 항상 병사들을 아꼈고 인간미가 넘쳤던 사람이었다. 당근과 채찍을 고루 활용할 줄 아는 리더였던 것이다. 철저한 훈련과 준비 과정, 그리고 전략의 조합이 23전 23승이라는 엄청난 업적을 만들어 낸 것은 상대의 수와 규모와 상관없이 평소 승리를 위한 준비 태세를 늘 했다는 걸 시사한다.

우리의 삶 또한 마찬가지다. 오늘 이후 우리 앞에 다가올 문제들이 무엇이 있을지 떠올려보자. 물론 예상하기 어려운 문제도 있다. 하지만 예상할 수 있는 문제도 분명 존재하며 우리가 어떤 행동을 하느냐에 따라 그 문제를 사전에 예방할 수 있다. 대부분의 사람은 언젠가 그것이 문제가 되어 스스로를 괴롭히게 될 것을 알면서도 계속 묵인하며 '승리를 위한 준비 태세'를 미룬다. 그렇게 점점 비만이 되어가거나, 빚더미에 앉고, 소중한 사람을 잃고 망가지는 것이다. 기억하자. 모든 것은 일어날 것에 대비해 얼마나 철저히 준비를 해놓았는지에 따라 달라진다. 문제를 외면하지 말고 정면으로 마주하자. 준비가 모든 승리를 장담하는 것은 아니겠지만, 준비되지 않은 자가 패배하는 것은 너무나 당연한 것이며 만약 승리하더라도 그것은 우연일 뿐이다. 앞으로 다가올 문제에서 우연한 승리를 운명이라 믿으며 살고자 하는 것이 아니라면 지금부터 '승리를 위한 준비 태세'를 시작하여 이겨놓고 싸우는 전쟁에 임해보면 어떨까.

정약용, 『개과』

내리막길에서 추락하는 사람들

삶이 너무나도 힘들다 생각 들면 무작정 등산을 가보자. 실제 한 지인에게 있었던 일이다. 엘리트 운동선수를 지망하던 그는 당시 오랜 부상에서 막 복귀했지만 깊은 슬럼프에 빠져 오랫동안 시련의 시간을 보내고 있었다. 되는 일도 없고 자신감도 떨어져 이대로 그만둬야 하나 고민하며 어김없이 체육관으로 가던 중 눈에 들어온 등산로 표지판을 보곤 무작정 산을 올랐다고 한다. 당시 너무나도 큰 정신적 고통이 있었고, 스스로 절망감에 빠져있던 시기였기에 어느 것이든 성공해 내고 싶었다고 한다. 엄청나게 높은 산은 아니었지만 당시 부상으로 인해 망가진 체력과 정신력으론 쉽지 않은 산이었다. 역시나 중간중간 포기하고 싶었고 괜히 했다는 생각이 들어 내려가고 싶은 마음이 들었지만, 이마저 포기하면 진짜 패배주의자가 될 것 같아 남들은 1시간 남짓이면 오를 산은 2시간이 넘게 걸려 겨우 도착했다고 한다. 정상에 오른 그는 성공했다는 성취를 느꼈고 자신도 모르게 나오는 눈물에 한참을 앉아 울었다고 한다. 그렇게 새출발을 다짐하며 가벼운 마음으로 산을 내려오던 그는 실수로 발목이 삐

"Why do you sacrifice your life for others?"

꿋했고, 그렇게 한 달간 깁스를 하게 되었다는 얘기다.

그의 웃픈 이야기를 아는지 정약용은 그의 저서 『개과』에서 위와 같은 말을 남겼다.

"오르막길은 어려워도 끈기로 올라갈 수 있으나, 내리막길은 쉽다. 그렇기에 항상 조심해야 한다."　　　　　　　　　　- 정약용

이는 단순히 물리적인 오르막길과 내리막길을 이야기하는 것이 아닌 우리 삶 전체의 흐름에 대한 이야기를 내포하고 있다.

우리 주변엔 자신의 목표 위해 항상 최선을 다하는 사람들이 존재한다. 그들이 이루고자 하는 목표는 쉽게 얻을 수 있는 것이 아니며 수많은 끈기와 노력이 동반되어야만 이룰 수 있다. 이는 정약용이 말한 '오르막길'와 매우 흡사하다. 그리고 언제나 그렇듯 끈기와 노력은 결코 그들을 배신하지 않는다. 그들의 진심 어린 노력은 끝내 원하는 바를 이뤄낼 것이며, 앞선 운동선수처럼 정상에서 기쁨의 눈물을 흘릴 수 있을 것이다. 배신은 노력이 하는 것이 아닌 방심과 자만심이 시킨다. 모든 것이 쉬워질 것이란 생각은 안전 불감증을 야기하고, 강한 의지와 노력, 섬세함과 조심성을 느슨하게 만든다.

우리를 들뜨게 하는 설렘과 행복한 마음은 얼마든지 즐겨도 좋다. 하지만 그것에 취하여 자신이 지켜야 할 기본적 소양을 망각해 버리면 이는 곧 인생의 문제로 번지게 된다. 우리가 아는 수많은 역사 사건들은 이런 방심 속에서 발생된 경우가 많다. 그 누구도 그런 일이 벌어질 것이라 예상하지 못했으며, 들뜨고 즐거운 마음에 별일 있겠냐는 생각을 했을 것이다. 그러니 오르막길과 같은 끈기를 내리막길의 마지막 한 발자국까지 꿋꿋이 유지하자. 우리가 유일하게 끈기를 내려놓고 마음을 놓을 곳은 오직 평지를 걸을 때일 뿐이라는 것을 반드시 기억하며, 느슨해진 마음으로 바로잡아야 한다.

공자

남에게 흔들리는 인생이 지긋지긋 하다면

어린 시절 위에 형이나 누나가 있던 사람이라면 음악 취향이나, 좋아하는 영화, 또는 수집품 등을 따라 좋아해 본 경험이 한 번쯤 있을 것이다. 형제자매가 아니더라도 우리는 부모 또는 선망하는 누군가의 취향을 종종 따라 하곤 한다. 시간이 흘러 그것을 왜 좋아했나 생각해 보면 사실 그 사람이 좋아서 따라 했던 것이지 구체적이고 명확한 이유가 없는 경우가 많다. 이런 이유 없는 취향에 대한 애정은 관계의 소원함에 따라 식을 법도 하지만 흥미롭게도 좋아했던 마음은 의외로 오래 남아, 나의 취향으로 꾸준히 자리 잡은 경우가 많다. 상대에 대한 마음과는 별개로 이미 몸과 마음의 습관으로 스며든 것이다. 여전히 왜 좋아하는지는 이유도 모른 채 말이다.

이렇듯, 우리는 윗사람으로 불리는 존재에게 많은 영향을 받으며 자란다. 그 안에는 '모방'이라는 단어가 있다. 처음에는 그저 따라 하기 바빠 정확히 이유를 모르며 쫓아갔지만, 이러한 모방의 반복을 통해 우리는 점차 그것을 나의 것으로 소유하게 된다. 그렇기에 우리에겐 '건강한 모방'이 참 중요하고 이것을 파악하는 한 뼘의 지혜가 필요하다.

중국 유교 사상에 큰 영향을 끼친 인물로 평가받는 공자孔子, 약 기원전 551년~기원전 479년는 위와 같은 관점에서 윗사람이 아랫사람에게 미치는 행동의 중요성을 강조했다.

"위에서 뭔가를 좋아하면 아래는 반드시 따라 하되 그 정도가 더 심하다. 군자의 덕은 바람이고, 소인의 덕은 풀이다. 풀 위로 바람이 불면 풀은 누울 수밖에 없다." — 공자

공자는 이 문장에서 리더윗사람의 행동이 따르는 사람들에게 어떠한 영향을 미치는지를 강조하며 무조건적인 모방이 반복되면 정신의 독립성을 점차 소실하게 된다는 점을 시사한다.

사람들은 종종 자신이 어떤 사람을 좋아하는지, 그리고 그 사람의 어떤 행동을 모방하는지에 대해 명확하게 인식하지 못한다. 그 결과, 그들은 자신이 진심으로 좋아한다고 믿는 행동을 과장하여 표현하게 되며, 이는 자신의 진정한 정체성과 방향성을 형성하는 데 방해가 된다. 이러한 인식의 오류가 낳는 가장 큰 문제는 자신만의 방향성을 만들어야 하는 인생의 시기에 오로지 남의 방향성을 흡수하기에 급급하여 허송세월을 보내는 것이다. 게

다가 좋은 흡수와 나쁜 흡수의 기준을 분간하기 어려운 시대이니 수많은 사람들이 쉽게 영향받고 쉽게 동화되고 있다. 이 글을 쓰고 있는 나도 똑같은 과정을 겪고 똑같은 실수를 범했다. 성인이 되어서도 내가 무엇을 좋아하는지, 나의 꿈이 무엇인지, 무엇을 위해 사는지 모른 채 오직 남을 기쁘게 해 주기 위해 살아왔다. 누군가를 계속 모방하면서 말이다. 성인이 된 이후, 오랜 세월 동안 공자가 말한 소인의 덕, 바람이 불면 누워버리는 풀로 존재해 왔던 것이다.

우리는 바람이 되어야 한다. 스스로 불어 나뭇잎을 가르며 지나가고, 자유롭게 어디든 날아갈 수 있는 바람이어야 한다. 세상을 살아가면서 주고받는 미미한 영향력을 모두 경계할 필요는 없다. 하지만 내면에 깊게 박힌 원칙이 없다면 누군가에 의해 흔들리는 삶을 경계해야 한다.

〈내면이 단단하고 주체적인 사람들의 특징 10가지〉

1. 자신의 가치와 신념에 굳건히 서 있다.
2. 내적 동기에 의해 행동한다.
3. 감정의 파도에 휩쓸리지 않는다.
4. 나의 판단력을 신뢰한다.

5. 변화와 도전을 두려워하지 않는다.

6. 실패를 성장의 기회로 삼는다.

7. 자기 자신과의 대화를 소중히 한다.

8. 타인의 평가에 좌우되지 않는다.

9. 삶의 목적과 방향성이 분명하다.

10. 감사와 겸손의 태도를 지닌다.

　　인생이라는 항해는 절대로 평화롭지 않다. 난파가 되지 않기 위해선 스스로 키를 잡고 움직일 줄 알아야 하니 당신에게 필요한 건 맑은 시야로 목적을 바라보고 거센 파도에 흔들리지 않으며 우직하게 나를 믿고 나아가는 태도다.

사마천
내가 숭배하는 것이 나를 노예로 만든다

서양 역사학의 대표는 헤로도토스, 동양 역사학은 사마천으로 정리되며 이 두 사람을 역사학의 쌍두마차라고 말한다. 사마천은 중국에서 가장 위대한 인물 중 한 명으로 손꼽히는 사람이다. 그는 오랜 시간 중국 전역을 돌아다니며 전해오는 역사를 수집해 역사서를 집필했는데 그가 가진 명성도 훌륭하지만, 그에 반해 비극적인 일화를 가진 사람이기도 하다.

그는 어느 날 전장에서 항복하고 돌아온 한 장수의 재판이 열린다는 소식을 듣게 되고, 일면식도 모르는 그의 변호를 맡게 된다. 그리고 재판 과정에서 감옥에 갇히게 되는데, 병사들의 소중한 목숨을 지키고자 했던 장수의 어쩔 수 없는 판단임을 설득하려다 황제 한무제에게 미움을 산 것이다. 황제는 그에게 3가지 형벌 내리고 한 가지를 택하라 했다. 첫 번째는 재산을 버리고 평민이 되는 것, 두 번째는 사형당하는 것, 마지막으로 거세를 당하는 궁형이다. 놀랍게도 사마천은 자신이 집필하는 책을 완성시키기 위해 가장 수치스러운 형벌인 궁형을 선택했고 그렇게 탄생한 책이 바로 최고의 역사 서적으로 불리는 사기史記다.

그의 수많은 명문장 중 재산에 대해 언급한 부분이 있는데 그 부분을 인용하면 이렇다.

"인간은 상대의 재산이 열 배가 되면 헐뜯고, 백배가 되면 두려워하고, 천 배가 되면 사환이 되고, 만 배가 되면 노예가 된다."

– 사마천

사마천의 형벌 이야기를 읽으며 어떤 생각을 했는지 잠시 묻고 싶다. 대부분 사람은 '굳이 궁형을 선택할 필요가 있었을까?'라고 생각했을지 모른다. 그보다 돈을 내고 평민이 되는 것이 더 나은 선택지가 아니었느냐고 말할 수도 있다. 하지만 사마천은 돈에 의해 운명이 좌지우지되는 것을 가장 경계했다. 돈으로 산 운명은 결국 돈에 끌려가는 인생이 되어버린다는 말이다. 사마천의 문장을 세로로 배치한 뒤 끝에 나온 단어를 중심으로 다시 살펴보자.

재산이

열 배가 되면 헐뜯고

백 배가 되면 두려워하고

천 배가 되면 사환이 되고

만 배가 되면 노예가 된다

누군가의 재산에 따라 우리는 헐뜯고, 두려워하며, 사환고용인이 되며, 노예가 된다고 말하고 있다. 그렇게까지는 아니라는 생각을 할 수 있지만, 가만히 생각하면 생각할수록 고개가 끄덕여지는 표현이 아닐 수 없다. 사마천의 문장에서 우리가 꼭 챙겨가야 하는 핵심 메시지는 바로 '끌려다니는 인생'이다.

요즘 사람들의 면면을 살펴보면 모두가 돈에 끌려다니는 인생을 사는 것처럼 보인다. 아니 끌려다니는 것을 의식조차 하지 못한 채 부의 무의식을 바꾼다며 돈을 끌어당기고 있으니 끌려다니는 삶으로 걸어 들어가는 것과 다름없다. 부를 거부하라는 말이 아니다. 돈과 부에 대해 바른 생각을 가지고 통제할 수 있는 사람이 돈을 끌어당기면 그건 사랑스러운 애완동물을 입양하는 것과 같지만, 통제력이 없고 이기적인 목적으로 부를 끌어당기는 사람은 호랑이를 집에 들이는 것과 같다. 그렇기에 우리는

1. 돈에 끌려다니는 인생을 경계하는 마음으로
2. 돈만큼 중요하거나 지키고 싶은 인생의 가치와 성공을 정의하여
3. 돈에 대한 분별력과 통제력을 갖춘 뒤
4. 강력하게 돈을 끌어당겨야 한다.

돈에 끌려다니는 인생은 불행할 수밖에 없다. 누군가에겐 매일 하는 출근이 자신의 꿈을 위한 준비 과정이지만, 누군가는 매달 반복되는 빚을 갚기 위한 처절한 생존 수단일 수도 있다. 한쪽은 살기 위해 돈을 벌고, 다른 한쪽은 벌기 위해 사는 사람이다. 그뿐만이 아니다. 사람들은 종종 타인과의 비교를 통해 자신이 처한 상황을 재확인하려 한다. 나와 친한 사람이 차나 비싼 가방, 또는 집을 샀다는 이야기를 들으면 크게 질투를 느낀다. 하지만 그 격차가 따라잡을 수 없을 만큼 벌어지게 되는 순간, 우리는 오히려 그들을 질투하지 않고 비굴하게 변하게 된다.

세상에 태어난 모든 사람은 독립적인 정신을 바탕으로 삶의 이정표를 세워야 한다. 돈이든, 아니 그것이 무엇이든 끌려다니는 것은 이롭지 않다. 우리는 헐뜯지 말고 축하해야 하고, 두려워 말고 포용해야 하며, 사환이나 노예가 아닌 주인이 돼야 한다. 당신이 숭배하는 것이 당신을 노예로 만든다는 사실을 꼭 기억하고 주체적인 정신 아래 끌려다니지 않은 인생을 만들길 바란다.

"Why do you sacrifice your life for others?"

☽

왕양명

인간의 가장 큰 병은 바로 교만이다

중국 명나라에서 양명학을 일으킨 왕양명. 그의 가장 흥미로운 점은 전문적인 군사 전략가이자 동시에 명 구절을 많이 남긴 시인이기도 하다는 점이다. 군사 전략가와 시인이라는 도통 어울리지 않는 두 직업이 한 사람 안에서 공존하는 게 가능한 것인가 새삼 의문이 들지만, 그의 사고관이 깊이 담겨있는 양명학을 살펴보면 어떻게 그것이 가능했는지 알게 된다.

양명학이 무엇일까? 양명학의 가장 핵심 원리는 '모든 것은 이미 우리 마음속에 다 갖추어져 있다는 것'이다. 우리는 이미 무엇이든 할 수 있는 능력을 갖추고 있으며 그 능력을 깨워내는 것이 중요하지, 타고난 재능이 없어 못 하는 것이 아니라는 말이다. 그렇기에 그가 군사 전략가의 능력도, 시인으로서의 감수성도 모두 가질 수 있던 것이다. 다양한 능력에 대한 가능성을 활짝 열어두었기 때문일까, 왕양명은 '교만'을 경계해야 한다는 말을 남겼다. 이미 마음속에 모든 것을 다 가진 양명학을 근간으로 생각해 볼 때 모든 것을 순식간에 파괴할 수 있는 것을 교만으로 꼽았던 것은 어쩌면 당연한 일인지 모른다. 그는 이렇게 말했다.

"인생의 대병大病은 오직 교만이다."　　　　　　　- 왕양명

사전적 의미의 '교만'이란 자신을 과도하게 높이 평가하고, 자신의 능력이나 성취를 지나치게 자랑하며, 타인을 업신여기는 태도나 상태를 의미한다. 자신을 타인보다 우월하다고 여기는 자세를 말하며 흔히 겸손의 반대 개념으로 간주한다. 교만한 사람은 자신의 지위, 능력, 지식, 또는 재산 등을 근거로 다른 사람들을 멸시하거나 무시하는 경우가 많다.

작은 우물 안에서 조금만 우위를 점하기만 해도 마치 온 세상의 우위를 점한 듯 어깨를 으쓱거리는 사람을 종종 보곤 한다. 그런 사람을 볼 때 당신은 어떤 생각을 하는가? 절대 그 사람이 잘되길 바라는 마음을 갖진 않을 것이다. 누군가로부터 지지하는 마음을 절대 얻지 못하게 하는 덕목이 바로 교만이다. 인생을 살다 보면 좋은 날도 있지만 돌고 돌아 힘든 순간을 다시 맞이하기도 한다. 결국, 인간은 독불장군으로 살아갈 수 없고 누군가의 도움이 필요하기 마련이다. 하지만 잘 나가던 때의 순간적인 교만으로 아집에 사로잡히면 훗날 그 사람에게 손을 내밀어 줄 사람은 아무도 없을 것이다. 그러니 아무리 많은 재능과 가능성을 가

지고 있다 하여도 교만은 인간의 대병人病이 될 수밖에 없다.

다음은 〈교만한 사람들의 5가지 특징〉이다.

1. 자신에 대한 평가가 타인의 평가보다 높다.
2. 능력을 과하게 자랑하며 겸손한 척한다.
3. 타인을 업신여기는 태도를 보인다.
4. 지위나 능력, 재물의 양으로 사람을 재단한다.
5. 자기중심적인 사고를 하며 공감 능력이 떨어진다.

이러한 교만을 통제할 수 있는 나만의 원칙을 소개하겠다.

1) 나에게 주어진 모든 재능과 능력은 하늘이 준 것이며 언제
든 나보다 그 일을 잘할 수 있는 사람이 나타나면 그에게 흘
러간다. 따라서 주어진 것을 내 것이라 말할 이유가 없다.

2) 성과가 나타나는 날 저녁에는 꼭 방 안에 불을 끄고 혼자 가
만히 명상을 한다. 생각해 보면 나 혼자 이룬 일은 하나도
없고 누군가의 도움으로 함께 이룬 것이다. 심지어 내가 이
뤘다고 생각한 일도 누군가에 의해 배움을 얻은 경우에 해
당되니 나 스스로 얻었다고 할만한 것은 그리 많지 않다.

왜 당신은 다른 사람을 위해 살고 있는가

3) 놀랍게도 작은 성취를 경험한 사람이 크게 자랑하고 큰 성취를 가진 사람은 도리어 감추어 드러내지 않으니 드러내는 습관은 성취해 본 적이 없는 나의 일천한 경험을 드러내는 것밖에 되지 않는다. 말하지 않아도 누구나 아는 수준에 이르는 것이 중요하다.

4) 한 달에 1~2번씩 맨바닥에서 이불과 베게 없이 잠에 든다. 온몸이 쑤시고 아프고 불편하지만, 결국 죽는 순간 모든 것을 두고 가야 하며 작은 것에 감사함을 깨닫게 하는 강력한 경험이 된다. 가진 것을 세어보기보다 내가 어떤 존재가 되어가고 있느냐가 더욱 중요한 문제라고 생각한다.

위 내용을 읽으면서 어떤 것을 느꼈는지 모르겠지만, 한 가지 확실하게 전하고 싶은 메시지는 교만은 적당한 충격 요법으로는 절대 치유되지 않는다는 사실이다.

왕양명의 언급처럼 대병大病 걸리지 않기 위해 우리는 늘 스스로를 점검하는 태도를 지녀야 한다. 아니 습관으로 몸에 배어 있어야 한다. 모든 가능성은 내 안에 있지만, 그것이 교만이라는 형태로 절대 드러나지 않도록 자신을 절제하자. 진정한 멋짐과 진정한 실력, 진정한 품위와 진정한 너그러움은 말하지 않아도 들리고, 보이지 않아도 아우라로 풍기는 법이다. 우리는 교만하지 않아도 이미 풍성한 능력과 가능성을 가진 존재이니 서두르지 말고 이 삶을 충실히 살아가자.

임마누엘 칸트
규칙이 없는 곳에서 당신은 어떤 사람인가

세상을 살아가면서 우리는 끊임없이 선택의 기로에 서게 된다. 때로는 올바른 길을 가늠하기 어려워 망설이며 시간을 허비하기도 한다. 가끔, 앞에 닥친 어려움을 회피하려 할 때 그 선택의 무게는 배로 늘어나 우리의 내면까지 무너뜨리곤 한다. 이런 상황에서 벗어날 수 있는 임마누엘 칸트의 조언이 있다.

"네 의지의 준칙이 언제나 동시에 보편적 입법의 원리가 될 수 있도록 행위하라."　　　　　　　　　　　－ 임마누엘 칸트

첫눈에 보면 복잡해 보일 수 있으나, 깊이 곱씹어보면 그 안에 담긴 의미는 분명하고 강력하다. 칸트는 우리가 어떤 결정을 내릴 때, 순간의 욕망이나 감정에 휘둘리지 말고, 자신만의 행동 규칙이 있어야 한다고 말한다. 중요한 것은 이 규칙이 혼자만의 것이 아니라, 모든 사람이 공감하고 수용할 수 있는 보편적인 원칙에 기반해야 한다는 점이다. 칸트는 행동 원칙이 상황에 따라 변하지 않고, 언제 어디서나 일관되게 적용될 수 있어야 한다는 점을 강조했다. 이는 우리가 설정한 원칙이 모든 사람에게 수용될

수 있다면 어떠한 상황에서도 그 가치를 잃지 않는다는 것을 의미한다. 이렇게 되면, 우리는 모든 행동에 확신을 가지고, 어떤 결정을 내릴 때 더는 망설이지 않게 된다.

우리는 종종 유명인들이 한순간의 실수로 인해 몰락하는 모습을 목격한다. 이들의 실패는 사회적으로 용납하기 어려운 행동을 선택했을 때 발생한다. 칸트의 말대로, 언제나 올바른 판단을 내리고 행동한다면, 우리는 타인에게 존경받으며 부끄럽지 않은 삶을 살 수 있다. 칸트는 이러한 내면의 원칙을 '정언명령'이라고 칭한다. 즉, 우리가 내면의 정언명령에 따라 행동한다면, 선한 사람으로 인정받을 수 있다는 것이다.

삶은 우리에게 수많은 선택을 강요한다. 이 중에서도 선과 악의 경계에서 결정을 내려야 하는 순간이 있다. 가령 차가 없는 도로에서 유턴할 때도 칸트는 우리가 합당한 법칙을 따라야 한다고 조언한다. 그것이 바로 모두가 동의할 수 있는 올바른 행동이기 때문이다. 이처럼 내면의 정언명령에 따라 행동한다면, 우리는 한 점 부끄럽지 않은 삶을 살 수 있다.

앨버트 엘리스
남들도 나처럼 실수할 수 있다

인간관계는 우리에게 큰 기쁨을 주지만, 동시에 상당한 스트레스의 원인이 되기도 한다. 직장 생활을 예로 들면, 많은 사람이 업무의 부담보다 동료나 상사와의 관계에서 오는 스트레스를 더 크게 느끼고 있다. 군대 역시 마찬가지다. 힘든 훈련보다는 선임병의 압박이 더 큰 어려움이 된다. 이처럼 우리는 타인과의 관계 속에서 끊임없는 갈등과 스트레스를 경험한다. 그렇게 매일 스트레스가 쌓이다 특정 임계점을 넘기면 사람은 폭발하게 된다. 오늘은 이러한 스트레스를 큰 폭으로 줄여줄 수 있는 한 가지 관점, 앨버트 엘리스의 생각을 공유하고 싶다.

"남들도 나처럼 실수를 저지를 수 있는 사람이라는 것을 받아들인다면, 타인을 훨씬 더 객관적인 눈으로 바라볼 수 있게 된다."
                                                        – 앨버트 엘리스

굉장히 평화적이고 관대한 말이라고 생각했을 수도 있지만, 이 문장은 개개인의 스트레스를 줄여 삶을 행복하게 만드는 방법에 탁월하다. 타인과 나를 동일시하여 '처지'에 공감하게 되면 짜증이 큰 폭으로 감소하고 행복감이 늘어난다는 의미다.

나의 처지 = 상대의 처지 = 동일화를 통한 스트레스의 감소

사람마다 다르지만, 대부분 사람은 자신에게는 관대하고 타인에게는 엄격한 시선을 가지고 있다. 이 마인드는 꾸준한 노력으로 극복할 수 있지만, 절대 쉬운 일이 아니다. 종종 사람들이 이상하다는 생각이 들지 않는가? 그때 우리 자신도 그 범주에 포함되어 있음을 잊지 않아야 한다.

나에게 사정이 있듯이, 타인에게도 그럴만한 사정이 있다. 내게 익숙한 것이 타인에게는 새로울 수 있으며, 그들이 익숙해하는 것을 나는 모를 수 있다. 때로는 이해할 수 없는 행동을 하는 사람들이 있지만, 그들은 단지 우리가 모르는 상황에 처해 있을 뿐이다. 그래서 우리가 그 상황을 이해하지 못하는 것이다. 우린 모두 같은 선상에서 서 있다. 살아오면서 이해받지 못해 고통받았던 순간을 떠올려 보자. 그 억울함을 기억하며, 관점과 마음을 열어 타인의 처지를 공감하는 동화능력을 키우자. 타인을 온전히 바라보며 그들을 이해하려 노력해 보자. 모든 사람을 완전히 이해하라는 말이 아니다. 그렇게까지 할 필요도 없다. 하지만 적어도 누군가에게 다시 기회를 줄 수는 있지 않은가.

색안경을 끼고 있다면 오해가 잦아진다. 내가 편파적으로 관계를 대하면 그 또한 업보로 나에게 돌아올 수 있다. 역지사지의 마음을 가지면 최소한의 스트레스만 받을 뿐, 당신은 유연한 마인드로 인간관계를 구축할 수 있을 것이다.

"Why do you sacrifice your life for others?"

홍자성, 『채근담』

말 한마디, 생각 하나가 당신의 인생을 바꾼다

우리 삶에서 말 한마디와 생각 하나는 상상 이상의 영향을 끼친다. 누군가는 위로와 격려의 말로 자살 시도를 멈추고, 반대로 한 사람의 말이 비수가 되어 누군가의 인생을 망치기도 한다. 이런 상황을 목격할 때마다 말의 무게를 실감하게 되며, 더욱 신중해져야겠다는 다짐을 한다. 이와 관련해 홍자성의 『채근담』이야기를 소개하겠다. 홍자성은 다음과 같은 말을 남겼다.

蓋世功勞, 當不得一箇矜字
개세공로, 당부득일개긍자

"세상을 뒤덮을 만한 위대한 공로조차도 '긍지'라는 마음가짐에는 미치지 못한다."　　　　　　　　　　　　　　　　－ 홍자성

세상에 큰 변화를 불러온 인물들이 자신의 공로에 대해 겸손한 태도를 보였던 경우를 생각해 보자. 페니실린을 발견한 알렉산더 플레밍이나 비폭력주의의 가치를 전파한 마하트마 간디와 같은 인물은 자신의 업적에 도취하지 않고, 더 큰 가치를 추구했

다. 그러나 현대 사회에서 결과만을 중시하는 결과주의 사상이 팽배해지면서 겸손한 태도는 찾아보기 힘든 덕목이 되어버렸다. 실로 안타까운 일이다. 과정을 보는 안목이 사라져 버렸으니 많은 사람의 노력과 역경을 아무도 알아주지 않는다. 따라서 우리는 결과주의적 성향에 맞서 과정을 중요시 여기고 보다 겸손한 태도를 가져야 한다.

이제 반대의 경우를 생각해 보자. 당신이 큰 죄를 저질렀을지라도, 마음 깊이 우러나오는 '후회와 반성'은 용서와 치유의 시작이 된다. 반성이 죄를 사하게 하는 것은 아니지만, 적어도 후회와 더불어 저지른 죄를 만회하려는 노력이 있다면 상처받은 사람의 마음을 조금이나마 씻어줄 수 있지 않은가. 홍자성은 위 말에 덧붙여 다음과 같은 말을 했다.

彌天罪過, 當不得一箇悔字
미천죄과, 당부득일개회자

"하늘을 가득 채울 만큼 큰 죄라 할지라도 '후회'라는 글자를 이길 수 없다."
                                                                    – 홍자성

하늘을 가득 채울 만큼의 큰 죄조차도 '후회'라는 감정의 힘 앞에서는 무력해진다는 말은 우리에게 뉘우침이 갖는 의미와 가치를 다시 한번 생각하게 한다. TV를 보다 보면, 범죄자들이 속죄하며 피해자와 피해자 가족들에게 진심으로 용서를 비는 경우를 종종 본다. 물론 그것으로 이미 일어나 버린 사건을 무마할 순 없지만. 그 과정에서 우러나오는 용서만으로도 피해자들의 마음이 조금이나마 누그러질 수 있다.

당신도 앞으로 살아가며 순간의 실수 혹은 욕심으로 잘못을 저지르게 될 것이다. 중요한 건 잘못에 사로잡힌 죄책감이 아니라, 후회를 통해 잘못을 뉘우치고, 제대로 사과하는 자세. 이를 통해 지나간 과오를 바로잡으며 우린 보다 성숙한 인생을 살 수 있다. 인간은 애초에 완벽할 수 없기에 실수를 한다. 그래서 홍자성이 말한 지혜를 더욱 곱씹을 필요가 있다.

☽

임제의현 선사, 『임제어록』
우리가 소유해야 하는 마음의 법 10가지

"무엇이 법인가? 마음이 법이다."   – 임제의현

인간의 마음은 참으로 복잡하다. 때로는 우리의 의지대로 모든 것이 순조롭게 진행되는 듯하다가도, 갑작스레 허무함이 밀려와 아무것도 이루어지지 않는 것처럼 느껴질 때가 있다. 이 모든 것이 결국 우리의 마음가짐에서 비롯된다는 사실이 놀랍지 않은가? 만약 인간이 자신의 마음을 완전히 통제할 수 있다면, 삶은 이토록 복잡하거나 어렵지 않았을 것이다. 우리가 분명히 알 수 있는 것은, 결국 모든 일은 마음먹기에 따라 결과를 바꾸어 낼 수 있다는 점이다.

당나라의 승려 임제의현이 말한 "결국 마음이 법"은 우리의 마음을 두고 한 말로, 단번에 이해되는 표현이 아닐 수 있다. 그러나 가만히 이 말을 되새김질하다 보니 나는 이내 원효대사의 이야기를 떠올릴 수 있었다. 그는 유학길에 오르며 간밤에 마신 샘물이 해골바가지의 물이었다는 것을 알고 구토를 했다. 이 경험을 통해 '일체유심조一切唯心造'라는 깨달음을 얻었다. 그의 깨달음

"Why do you sacrifice your life for others?"

은 모든 것이 마음먹기에 달렸다는 것, 내 마음이 그것을 규정하면 그것이 곧 법이 되어 나의 내면에 스며든다는 뜻을 담고 있다.

우리가 어떤 마음을 품고, 어떤 가치관으로 세상을 바라보느냐에 따라 세상은 다르게 반응한다. 세상은 우리의 시선으로부터 결코 분리될 수 없다. 마음은 실체가 없다. 우리 자신이 곧 마음의 형태이기 때문이다. 우리가 가진 사유와 직관, 신념이 모여 나의 마음을 이루고, 그 마음을 통해 세상을 바라본다. 세상은 마치 무한한 자유와 알 수 없는 이치에 따라 움직이는 것처럼 보이지만, 그것 역시 마음과의 상호작용을 통해 만들어진 결과다.

프랑스의 철학자 푸코는 "딱딱한 규율이 내면화되면 그것이 자신을 감시한다."라고 말했다. 이는 스스로 만들어낸 마음의 규칙이 자신을 통제하고 억압한다는 것을 의미한다. 이런 사람은 그 누구의 말도 듣지 않는다. 어쩌면 세상의 진리를 탐구하는 것만큼 자신의 내면을 바로잡는 일도 중요한 걸지 모른다. 변화무쌍한 세상만큼이나 마음도 끊임없이 요동치기에, 자신의 마음을 닦음으로써 일상을 건강하게 가꾸자. 당신의 마음에 선한 법이 들어서는 순간, 세상을 바라보는 내면의 힘도 더욱 단단해질 것이다.

왜 당신은 다른 사람을 위해 살고 있는가

〈우리가 소유해야 하는 10가지 마음의 법〉

1. 열린 마음가짐

2. 긍정적인 태도

3. 인내심

4. 감사하는 마음

5. 너그러운 마음

6. 호기심

7. 용서하는 마음

8. 자기 수용

9. 창의적 사고

10. 평정심

"Why do you sacrifice your life for others?"

타고르, 『기탄잘리』
껍데기에 집착하지 않는 인생

"장신구는 우리가 하나가 되는 것을 방해한다. 그것들은 당신과 나 사이를 가르고 당신의 진실을 지워버린다."   - 타고르

우리는 엄마 뱃속에서 알몸으로 태어나 살아가는 내내 수많은 '껍데기'로 그 알몸을 치장한다. 이때 말하는 '껍데기'는 단순히 옷과 장신구뿐만이 아니라, 외모, 학력, 명예, 지위, 부귀 등 우리가 삶을 살아가며 자신을 가꾸기 위한 모든 것을 의미한다. 단순히 겉에 보이는 것뿐만 아닌 인정, 투쟁, 애정 등 우리가 가진 욕망 또한 포함된다. 누군가는 우리의 삶을 무無로 시작되어 무無로 되돌아간다고 설명하기도 한다. 아무리 많이 가졌다 한들 결국 아무것도 가져갈 수 없다는 뜻이다. 그렇다면 유한한 인생을 제대로 살기 위해서 우리는 어떤 태도를 지녀야 할까? 어쩌면 '껍데기'로 인해 진짜 소중한 것을 놓치고 살아가는 것은 아닐까?

"화려한 옷과 보석의 속박 때문에 건강한 대지의 흙과 연결되지 못한다면, 평범한 삶이라는 위대한 축제에 입장할 권리를 빼앗긴다면 삶에서 얻는 것은 아무것도 없다."

인간의 삶은 하나의 축제이다. 축제는 흥겹고 즐거우며 동시에 끝이 존재한다. 영원히 끝나지 않고 이어지는 축제는 결코 존재하지 않는 법이다. 우리는 탐욕과 욕망으로부터 온전히 자유로울 수 없다. 먹고 살고 자고 소유하는 것 역시 세상의 일부이자 생존을 위해 반드시 필요한 것이기에 걱정하는 것은 인간의 필연이다. 그러나 우린 종종 장신구의 가장 중요한 본질을 잃고 만다. 장신구는 그 스스로 기능이 완성되는 것이 아닌 그것을 착용한 본체, 즉 우리 자신이 있어야만 존재의 가치가 생긴다. 그렇기에 어떤 장신구를 걸쳤는지가 아닌, 장신구를 걸칠 '나' 자신이 어떤 존재인지에 대한 고민을 먼저 해야 한다. 하지만 많은 사람이 장신구를 걸치는 것 자체로 자신의 가치를 증명하는 오류를 범한다. 이미 죽어버린 시체에 입힌 장신구만큼 의미 없는 것은 없다. 장신구 역시 진정한 삶의 순간에 함께해야 더욱 빛나는 법이다.

우리가 인간인 이상 '껍데기'로부터 완전히 자유로워질 순 없다. 당신과 나는 고행길을 걸어가려는 숭고한 성인이 아니라 삶을 살아내려는 평범한 인간일 뿐이다. 그럼에도 불구하고 언제나 삶의 본질을 들여다보는 노력을 해야 한다. 그런 의지가 내재되어 있다면 정말 중요한 선택의 순간과 갈림길에서, 내가 무엇을 고르고 나아가야 하는지를 알 수 있을 것이다. 또한 당신이 걸치는 것이 비록 비루할지라도 당신이라는 자체가 이미 보석이기에 그대는 다른 사람의 눈에 아름답게 비칠 것이다.

레오나르도 믈로디노프
뻔한 것에 의문을 던지는 사람이 성공한다

새로운 아이디어와 창의적인 사고야말로 현대 사회에서 요구하는 가장 중요한 능력 중 하나다. 이러한 능력을 갖춘 사람은 단순히 다른 사람들보다 일을 잘 처리하는 물리적인 능력뿐만 아니라 상상력을 기반으로 둔 창의적인 아이디어와 불도저 같은 실행력을 가지고 있다. 언제 어디서 튀어나올지 모를 아이디어는 언젠가 세상을 바꿀지 모른다는 점에서 그 잠재성을 무시할 수 없다. 창조적 사고를 가진 사람은 문제를 해결하는 방식에서 남들과 달리 반짝이는 아이디어로 해답을 제시하는 경우가 많은데, 이런 행동은 그들의 머릿속에 잠재되어 있던 '무의식'이 작동된 것이라 할 수 있다. 무의식. 사실 우리가 통제할 수 없는 영역이라 추상적으로 느껴지는 경우가 많은데 역사 속 많은 발견이 이러한 '무의식'을 통해 발견되고, 변화해 왔다.

지금처럼 고무가 일상에서 자유롭게 활용되기 전, 천연고무를 활용할 방법을 고심하던 찰스 굿이어는 천연고무에 황을 섞다 실수로 난로 위에 떨어뜨리게 되고, 이것을 통해 고무의 모양

"Why do you sacrifice your life for others?"

을 결정시키는 '가황법'을 탄생시켰다. 그리고 고분자를 연구하던 하버드대 유기화학 연구진은 실수로 나일론을 탄생시켰으며, 생각에 빠져 욕조에 몸을 담그며 부력의 법칙을 알게 된 아르키메데스의 유명한 외침 '유레카!' 또한 예로 들 수 있다. 인간의 무의식이 가지는 힘을 연구해 온 심리학자 레오나르도 믈로디노프는 창의적 무의식은 누구나 노력을 통해 개발될 수 있음을 강조했다. 그리고 이를 위해서 우리가 가장 경계해야 하는 것은 바로 '기존의 사고'라 말했다.

"유연한 사고를 위해서는 무의식이 가진 고정관념을 극복해야 한다."   – 레오나르도 믈로디노프

그는 우리의 무의식은 생각보다 쉽고 다양하게 변할 수 있다고 말했다. 단순히 우리가 생활하는 공간의 천장만 높아져도 관점이 달라지고 의식하는 방식이 변한다는 뜻인데, 심리적인 우울감을 극복하기 위해 창문과 밝은 공간을 설정하는 것만으로도 우울감에서 벗어날 수 있다는 게 가장 쉬운 예시다. 이처럼 무의식은 변화한 환경 속에 천천히 스며들어 우리의 마인드를 바꿔놓는다. 이렇게 긍정적인 면모와는 달리 무의식의 가장 큰 적은 바로 '정해진 생각'이다. 우리는 일상에 당연히 존재하는 것들에 얼마나 많은 물음표를 달고 살아갈까? 예를 들면 '변기는 이

모양이 최선일까?', '조금 더 편한 의자는 없을까?', '출퇴근 시간은 누가 9 to 6로 결정한 걸까?' 등 사람들은 마치 세상이 정해져 있는 것처럼 일상에 마침표를 두고 살아간다. 물론, 이 모든 것에 해답은 필요 없다. 몇 가지 물음만 가지게 된다면 당신의 무의식은 스스로 고정관념을 깨트려가며 새로운 사고의 지평을 열어간다는 것이다. 그리고 그 지평이 열리는 순간, 우리는 창의적 사고가 가능해진다. 그러니 항상 의문을 가지고 스스로에게 질문하는 습관을 길러보자. 지금 우리가 살고 믿고 있는 것이 정말 최선의 것인지.

놀랍게도 100년 전의 사람들은 그 시절의 제도와 물건이 최선이라 믿고 살지 않았던가. 그리고 그것에 질문을 던진 사람만이 혁신적인 무언갈 탄생시켰다. 그러니 당신이 별생각 없이 던지는 무의식의 질문이 다음 100년 뒤의 세상을 어떻게 바꿔낼지는 아무도 모른다.

대니엘 길버트
행복감을 빼앗아가는 상상력의 오류

불안은 우리를 끊임없이 괴롭힌다. 어떻게든 불안감에서 벗어나가 보고자 많은 노력을 하는데, 그중 가장 많이 하는 것이 바로 주변 사람들에게 조언을 구하는 것이다. 안타깝게도 자신에게 주어진 상황과 문제점을 정확히 판단하고 짚어줄 수 있는 사람은 흔치 않다. 그렇기에 조언을 구하면 구할수록 머리는 더욱 복잡해지고 정리가 안 될 것이다. 이런 문제가 계속 생기는 이유는 스스로 문제를 창조하는 상상력이 과하기 때문이다. 박찬욱 감독의 영화 〈올드보이〉에선 상상력에 관한 재미난 대사가 나온다.

"인간은 말이야, 상상력이 있어서 비겁해지는 거래."

이 말처럼 불필요하고 과도한 상상력은 문제를 더욱 악화시키곤 한다. 사실, 우리 앞에 닥칠 일들이 상상하는 것만큼 비극적이진 않을 것인데도 말이다. 이에 대해 하버드대학의 심리학과 교수인 대니얼 길버트는 우리에게 너무 많은 조언과 부정적 상상을 경계해야 한다고 말했다.

왜 당신은 다른 사람을 위해 살고 있는가

"우리가 행복해지기 어려운 이유는 '근거 없이 만연한 조언'과 '상상력의 오류 때문'이다."   - 대니엘 길버트

불안을 매번 현명하게 해결하는 건 불가능한 일이다. 인간은 불안할수록 갖은 생각과 조언을 무작정 머릿속에 쑤셔 넣으며 일시적 안도감을 느끼고 싶어 하기 때문이다. 일종의 도파민 중독과 유사한 이 행동은 결과적으로 고통스러운 결과를 만든다. 차분히 생각해 보면 사람들은 절대 일어나지 않을 사건을 상상 속에서 증폭시키고 어떻게든 합리적인 이유를 만들어 비이성적인 판단을 종용하고 있다. 이 못난 습관을 어떻게 이겨낼 수 있을까? 불안을 극복하는 것만이 가장 현명한 방법일까? 우리는 그 답을 찾기 위해 단순하게 생각할 필요가 있다. 우리가 언제 행복감을 느끼고 언제 불행감을 느끼는지를 살펴보면 해답으로 향한 출입문을 발견할 수 있는데 예를 들면 이렇다.

게임을 하거나 영화를 보며 시간 가는 줄 모를 때가 있을 것이다. 심지어 중요한 약속이나 숙제를 까먹으면서까지 하나에 집중했을 때가 있을 텐데, 그것이 유익하든 유익하지 않든 우리는 순수한 행복을 느꼈을 것이다. 이처럼 한 가지에 대한 몰입은 지독한 현실을 탈출할 수 있는 '비상구' 역할을 해준다.

"Why do you sacrifice your life for others?"

그렇다면 불행은 어떨까? 내일 월세를 내야 하는데 돈이 한 푼도 없다. 내일 내지 않으면 분명 집주인이 방을 빼라고 할 텐데, 아무리 방법을 찾아도 해결책이 나오지 않는다. 가족에게 전화를 걸어서 빌려 달라고 할까? 아니면 지금 당장 일일 알바를 갈까? 대출을 받을까? 고작 한 가지 고민임에도 너무 다양한 경우의 수가 머리를 복잡하게 만든다. 여기서 우리는 무엇을 선택해도 최악의 선택이 되는 경우에 놓이며 이를 '딜레마'라고 한다. 즉, 불행에 불안함을 느끼는 상태인 것이다. 이런 딜레마 속에서 아무런 행동도 취하지 않은 채 도망치는 선택을 하는 사람이 있다. 무엇이라도 했다면 달라질지도 몰랐던 내일이 결국 회피라는 파국으로 치달은 것이다.

이 두 가지 예시를 보아, 불안을 이겨낼 수 있는 가장 빠르고 효과적인 처방은 바로 '선택'과 '집중'이다. 한 가지를 선택해 집중하고, 오히려 단순하고 명료한 선택을 하는 것이다. 많은 조언이 상상을 만들어 내고, 상상은 많은 경우의 수를 만들어 인간의 행동력과 이성적 판단력을 마비시킨다. 실로 자기 파괴적Self-Destructive인 행동이 아닐 수 없다. 어디로 가야 할지 모를 땐 그저 옳은 길을 가면 되는 것임에도 단순하지 않고 명료하지 않은 선택이 혼란과 마비를 불러오게 되는 것이다.

'근거 없이 만연한 조언'과 '상상력의 오류'는 우리의 행복을 앗아간다. 옳은 것을 알면 심플한 선택을 해라. 이성적 판단으로 삶의 문제를 해결하는 습관을 개발하며 스스로에게 질문하고 더 나은 판단에 집중하면 당신은 불안을 씹어 먹을 수 있다.

성현 『허백당집』, 〈십잠〉
우린 잘못된 것을 부끄러워하고 있다

　조선 전기의 문인 허백당虛白堂 성현成俔은 그의 문집 『허백당집』에서 '부끄러움을 아는 것'을 이야기하며 입은 옷, 직업을 부끄러워할 것이 아니라 진정 부끄러워할 일에 부끄러워할 줄 알아야 훌륭한 인격을 갖출 수 있다고 적었다. 이는 맹자가 말하는 인간이 가져야 할 네 가지 기본적인 성품인 인의예지仁義禮智로 중에서 의義를 뜻하는 수오지심羞惡之心과 같은 이치다. 즉, 부끄러워할 줄 안다는 것은 남과 나를 비교하는 것이 아닌 스스로를 객관적으로 바라볼 수 있다는 것, 자신의 잘못을 인정하고 용서를 구할 수 있는 것 그리고 자신만의 확실한 기준을 가지고 있다는 뜻이다.

衣錦何榮의금하영

비단옷 입는다고 영광될 게 뭐며,

抱關何卑포관하비

문지기 노릇 한다고 비천할 게 뭔가

　부끄러워할 줄 모르고 뻔뻔하게 사는 사람을 우린 '철면피鐵面皮'라 부른다. 중국 송나라에 출세를 위해서라면 수단과 방법을 가리지 않았던 왕광원이라는 사람이 자기보다 높은 벼슬을 가진 사람을 보면 굽실거리면서 온갖 아부를 다 떨었는데 그를 본 사람들이 "저 사람 낯가죽은 철갑을 두른 것 같이 두껍다."라고 했다고 한다.

인간과 짐승을 구분하는 것 중의 하나로 부끄러워할 줄 아는 능력이 언급되곤 한다. 그렇다면 우리는 진정으로 부끄러운 것이 무엇인지 알고 있는 걸까. 겉모습, 지위, 재산 따위를 비교하며 내가 그들보다 부족한 인간임을 알면서도 멀쩡한 척하는 게 철면피가 아니고 무엇이겠는가. 또한 똥 묻은 개가 겨 묻은 개를 탓하는 것과 같이 자신의 흠결은 부끄러워하지 않고, 남의 결점을 찾으려고 혈안이 되어 있는 사람을 보면 내가 다 낯짝이 부끄러워진다. 특히나 인터넷이라는 공간이 발달하고, 그 안에 익명성이라는 특수성으로 철갑을 두른 사람들이 자신의 진짜 모습은 감춘 채 남들을 비웃는 모습악플은 보면 안타까운 마음만 든다. 익명은 가면일 뿐, 우리의 본질까지 바꿔놓진 않는다. 그 안에 숨어 있는 들 당신은 여전히 당신이다.

'내로남불'이라는 말을 들어본 적 있을 것이다. '내가 하면 로맨스, 남이 하면 불륜' 나와 남에게 다른 잣대를 세우는 것이야말로 철면피의 전형적인 특징이라고 할 수 있다. 우리의 사고는 어쩔 수 없이 자신을 중심으로 펼쳐져 있다. 그렇기에 '내로남불'이란 말은 어쩔 수 없는 현상일지도 모른다. 하지만 내가 그런 사람일 수도 있다는 생각을 조금이라도 하는 사람과 그렇지 않은 사람은 다르다. 마음속에 남을 존중하는 태도가 있다면 우린 남을 그리 헐뜯지도, 미워하지도 않을 것이다.

내가 무슨 차를 타는지, 어디에 사는지, 내 부모님이 어떤 직업을 가졌는지를 부끄러워할 것이 아니다(반대로 과하게 자랑스러워할 것도 아니다). 우리가 진정으로 부끄러워해야만 하는 것은 지금 당신이 하는 진실되지 않은 행동과 속마음이다.

"하늘을 우러러 한 점 부끄러움이 없기를."

이 문장을 떠올리며 나를 돌아보는 것이야말로 부족한 나를 진실한 인간으로 만들어 주는 지름길이다.

그간 당신은 무엇을 부끄러워했는가?

지금이야말로 차분히 나를 돌아볼 때다.

헤르만 헤세
나에게로 가는 길을 발견하는 방법

"난 오직 진정 내 안에서 솟아나는 번뜩임을 따라 살려 했다. 왜 그것이 그토록 힘들었을까?"　　　　　　　- 데미안 소설

데미안은 자아를 찾으려 투쟁하는 소년 싱클레어가 '나를 찾기 위해' 고군분투하는 아름다운 성장 소설이다. 지금 이 순간에도 많은 사람들이 '내적 성장을 거듭한 끝에 얻는 결과물'이 어른이라고 말하고 있다. 외적 성장보다 내적 성장이야말로 진정한 의미의 성장이라는 거다. 개개인을 가장 빛나게 하는 것은 바로 이 내면의 '번뜩임'을 찾는 것인데, 어느 순간부터 우리는 자아성찰이라는 말을 완전히 잊어버리고 말았다. 어쩌다 이렇게 된 것일까? 잃어버린 자아를 다시 되찾을 수 있는 것일까?

요즘은 자기 자신이 아닌, 누군가가 좋아할 법한 화려한 명품과 비싼 차, 좋은 집, 고급 음식들이 곧 자신을 대변한다는 생각이 만연해 있다. 그것을 보고 있노라면 내 뜻대로 살아가는 나의 삶이 진짜 삶이 아닌 것처럼 보잘것없이 느껴지기도 한다. 현실이 시궁창 같고 누구나 누리는 일상을 나만 못 누리는 것처럼 느

껴지기 때문이다. 이런 마음의 가장 큰 중심엔 타인의 시선에 맞게 살아가려는 태도가 있다. 여기서 문제는 '그게 과연 나의 행복일까'란 것이다. 그들은 그런 삶을 선택적으로 결정한 것일까? 헤르만 헤세는 싱클레어의 입을 빌어 다음과 같은 말을 전한다.

"인간에게는 오직 하나의 진실된 소명이 있다. 그것은 바로 자기 자신에게 가는 길을 찾는 것이다."

싱클레어가 강조하는 인생의 가장 중요한 소명은 바로 '나에게 도달하는 것'이다. 남들이 시키는 대로, 말하는 대로 나의 길을 결정해서는 안 된다는 뜻이다. 애초에 삶에 정답이란 존재하지 않으며 그들이 인생을 책임져주지도 않는다. 남들의 선택과 남들의 의견은 '나에게로 가는 길'이 아니라 그저 보편적으로 선택하는 것일 뿐, 그 누구도 그것이 올바른 답이라 확증한 적은 없다. 다수의 선택이 정답이라면 성공은 다수의 몫이어야 한다. 허나 매번 성공은 소수의 몫이었다. 이미 이 점에서 우리는 논리적 괴리를 발견할 수 있다.

그렇다면 우리에게 '자아의 번뜩임'이 사라진 이유는 무엇일까? 모두 어린 시절에 한 번쯤 말도 안 되는 상상을 해본 적 있을 것이다. 하늘을 나는 자동차나 수상 도시, 우주여행 등 그리기만

하면 마음껏 뿜어내던 나만의 상상을 이젠 그리기 힘들어졌다. 그 상상은 '현실'이란 이름하에 수없이 질책받아 왔다. 그렇다. '번뜩임'은 보편의 테두리 밖에 존재하는 것이다. 그리고 그것을 끝까지 믿고 유지하던 사람은 그 테두리 밖에 있던 '번뜩임'을 중심으로 이끌어오고, 이를 잃은 사람은 누군가가 만들어낸 '번뜩임'을 쫓을 뿐이다. 그렇게 되면 우린 매번 쫓아다니는 삶을 살아가게 된다.

매서운 말이지만, 인생은 한 번뿐이다. 단 한 번뿐인 인생을 살아내는데, 그 안을 나의 것이 아닌 다른 이의 것으로 채우는 것만큼 공허한 것도 없다. 가끔은 세상의 흐름을 끊어내고, 나 자신과 대화하는 침전의 시간이 필요하다. 아름다운 하늘과 풀잎을 바라보고 청아한 새소리를 들으며 다음 질문을 곱씹어보자.

'먼 훗날, 죽음을 앞둔 내가 후회 없이 잘 살았다고 말하기 위해서는 지금의 나는 무엇을 해야 할까?'

クラレンス・ダロウ

망친 인생은 반드시 고칠 수 있다

부모의 그림자에 숨죽여 살아가는 이들이 있다. 유치원부터 시작해 중, 고등학교, 그리고 대학교에 들어가 성인이 되어서도 여전히 부모님이 시키는 대로 살아가는 삶. 이로 인해 많은 이들이 미성숙한 정신으로 성인이 되었다. 그렇게 내던져진 세상에서 그들은 수많은 상처를 받고 혼자 숨죽여 울곤 한다. 무한 경쟁 시대에 살았다면 다들 공감할 만한 삶일 것이다. 우리는 이 과정을 당연시 여겼고 어떠한 의문도 가지지 않았다. 부모 말에 얽매여 정작 자기의 인생을 살지 못하는 이들을 보면 얼마나 비참한가. 사실 이런 악습은 효도해야 한다는 유교적 가치관의 심화와 폐쇄적인 교육 방식이 대대로 이어져 온 탓이다. 저명한 법학가 클라렌스 다로우는 부모에게 종속된 현상을 강력하게 질타한다.

"우리 인생의 전반은 부모님이 망쳐 놓고 후반은 아이들이 망쳐 놓는다." — 클라렌스 다로우

영원히 부모님의 보호 안에서 살 수 없기 때문에, 우리는 좋든 싫든 때가 되면 울타리 밖으로 나와야 한다. 세상과 맞서 싸우

며 고통 속에서 자립심을 길러야 하는 것이다. 그것이 '성숙成熟'이다. 성숙이라는 것은 자신의 관점을 스스로 정립해 가는 과정이다. 물론 다로우는 부모님을 저버리라는 뜻으로 저 말을 던진 것은 아니다. 단지 부모의 권위에 지나치게 얽매일 필요는 없다고 피력하는 것이다. 우린 부모님 역시 한 인간에 지나지 않는다는 걸 간과하곤 한다. 단지 우리보다 몇십 년을 앞서 살아왔기에 조금 더 인생 경험이 풍부한, 인생 선배에 지나지 않는다. 그렇게 생각한다면 그들의 말이 100% 옳은 건 아니며 때론 실수도 할 수 있다는 걸 알아야 한다.

마찬가지로 우리의 선택 역시 언제나 올바르리라는 보장은 없다. 결국 필요한 것은 서로의 상호보완이다. 사랑이 바탕이 되어 있다면 내가 나아가고자 하는 길에 부모의 애정 어린 조언은 반드시 필요하다. 건강한 도움을 받을 수만 있다면 겪지 않아도 될 상처를 받지 않고 원하는 목표에 효율적으로 도달할 수 있다. 그 후 목적지에 도달한다면 가장 먼저 기쁜 소식을 전하라. 그들도 진정으로 기뻐할 것이다. 자고로 부모란 자식의 성장을 위해 무엇이든 희생할 수 있는 이들이다.

이제 클라렌스 다로우가 한 말을 비틀어보자.

"Why do you sacrifice your life for others?"

"인생의 전반을 망쳐도 후반은 전반에 망친 것을 반성하며 망치지 않기 위해 노력하라."

이 말은 독립 후, 자기 주도적인 삶이 중요하다는 뜻이다. 전반부에서의 실패는 자신의 한계와 가능성을 탐색하는 과정이며, 이를 통해 우리는 나의 결핍과 니즈를 얻을 수 있다. 그리고 이 과정을 통해 의미 있는 선택을 하며 인생의 후반부를 지혜롭게 살아갈 수 있다. 따라서, 남은 인생을 망치지 않기 위해 노력하는 것은 단순히 전반부의 실수를 수정하는 것을 넘어 가치 있는 삶을 만드는 빛나는 노력이다. 이는 우리가 부모의 울타리에서 벗어나 주도적인 삶의 의미를 깨닫고, 개인적인 성장과 발전을 통해 삶의 주인공이 되는 것을 뜻한다. 독립적인 존재로 거듭나기 위한 나만의 경로를 발견해 보자. 그 길을 따라 나아가며 내 속에 있던 잠재력도 깨워보자. 설령 삶의 전반부를 망쳤더라도, 그 경험을 통해 배운 교훈이 삶의 후반부에서 당신을 더 성숙하고 능력 있는 존재로 만들어 줄 것이다.

찰리 채플린
비극의 밑바닥에서 발견한 아름다움

닥쳐오는 인생의 비극은 피할 수 없다. 지금 비극적인 상황에 처해있거나, 막 겨우 피해 온 사람에겐 미안하지만 비극은 언젠가 우릴 또다시 찾아올 것이다. 사실, 우린 이 현실을 너무나 잘 알고 있다. 계속 그렇게 살아왔고, 아무리 이 사실에 멋진 포장지를 씌워보려 한들 다시 버텨야 한다는 걸 인지하고 있는 것이다. 그렇기에 인생의 한편은 슬픈 영화처럼 늘 애잔하고 눈물겹다.

비극에 그 누구도 예외는 없다. 돈이 많든 적든, 얼굴이 예쁘든, 못생겼든 그 사실은 크게 중요하지 않다. 비극은 모두의 인생에 주어진 숙명이며 그 누구도 피할 수 없다. 그렇기에 비극을 '통제할 수 없는 영역'으로 규정하는 것이 중요하다. 그렇게 되면 시련을 어떻게 받아들일지에 대해 생각하게 된다. 인생의 비극을 통해 삶의 답을 찾을 것인가? 아니면 비극 속에서 허우적거리기만 할 것인가? 모든 이의 딜레마이자 고민이다. 역사상 가장 유명한 영화배우이자 코미디언인 찰리 채플린은 비극에 대해 이런 말을 남겼다.

"Why do you sacrifice your life for others?"

"나는 비극을 사랑한다. 비극의 밑바닥에는 언제나 무엇인가 아름다운 것이 깔려있기 때문이다." – 찰리 채플린

매번 우스꽝스러운 모습으로 대중들에게 웃음을 줬던 찰리 채플린은 엄청난 재능과 위트로 브라운관을 사로잡았던 사람이다. 너무나 특별한 재능을 가지고 있다고 생각했던 그가 남긴 말의 이면에 도대체 어떤 과거가 숨겨져 있는 것일까? 사실 그는 누구보다 비극적인 삶을 살았던 사람이다. 런던의 빈민촌에서 태어나 당시 천대받던 집시의 피를 물려받았으며 아버지는 알코올 중독이었고, 어머니는 불륜을 저질러 별거를 택하고 자신을 양육하는 아버지 또한 어떠한 도움도 주지 않은 채 다른 여자와 재혼했다. 그렇게 남은 어머니는 결국 정신 병원에 들어가게 되었다고 한다. 시간이 흘러 찰리 채플린은 아버지가 죽기 직전에 다시 재회하게 되는데, 그의 회고록에 따르면 그날 일평생 처음이자 마지막으로 아버지와 포옹을 했었다 한다. 심지어 그마저도 아버지가 술에 취해 있었기에 가능했었다고….

남들이라면 한 번만 겪었을 시련을 연타로 겪은 그의 비극적 인생은 다양한 연기적 표현에 많은 도움이 되었다. 그는 인생의 비극을 연기에 녹여냈다. 일상을 살아가는 사람들, 슬픔과 아픔. 단순히 자신의 성장 과정을 비관하고 슬퍼하기만 했으면 절대

불가능했을 일을 타인의 행복을 위해 승화시킨 것이다.

　우리는 비극의 순간에 어떤 결정을 해왔을까? 만약 비극의 끝에서 매번 빈손으로 돌아오고 있다면 깊이 반성해야 한다. 무엇이든 해내는 사람은 매 순간을 기회로 삼고, 어떤 곳에서도 배움과 깨달음의 길을 찾는다. 그 어떤 경험이라도 가치를 찾아 돌아오는 것이다. 하지만 그러지 못한 사람은 자신의 실패와 경험을 등한시 여기며 하찮은 것으로 여긴다. 빈손으로 돌아오는 습관은 자신감을 떨어트리게 해 당신을 무능력하게 만들 것이다. 그러니 비극을 사랑하라. 비극 저 밑에 깔린 아름다움을 발견하라. 우러러보기에 합당한 자격을 갖춘 사람은 모두 비극에서 진주를 발견한 사람들이다. 당신이 비극의 아름다움을 발견하는 능력을 키운다면 그 무엇도 당신을 무너뜨릴 수 없다.

미셸 푸코

맹목적인 순응에서 벗어나야 하는 이유

미셸 푸코는 현대 사상의 거장으로, 그의 저작들은 우리가 일상에서 마주치는 규범과 규칙이 어떻게 개인을 억압하고 타자화하는지를 날카롭게 분석한다. 특히 『광기의 역사』, 『감시와 처벌』 같은 저서에서 푸코는 광기라는 개념을 통해 사회가 어떻게 다양성을 배제하고 일탈을 처벌하는지를 탐구한다. 이러한 관점에서 그의 "정신의학 언어는 광기에 대한 이성의 독백이다."라는 말은 깊은 철학적 의미를 지닌다. 이 말은 정신의학이 광기를 어떻게 정의하고 다루는지에 대한 비판적 성찰을 담고 있다. 정신의학 언어로 '광기'라는 단어를 이성적으로 설명하려는 시도는, 광기를 전부 이해하지 못한다는 한계를 여실히 드러낸다. 이것이 언어의 위험이다. 이는 광기와 이성 사이의 경계가 사회적, 문화적 맥락에 따라 얼마나 유동적으로 바뀔 수 있는지를 보여준다.

푸코의 관점은 우리에게 이러한 교훈을 준다. 첫 번째, 사회적 규범과 가치관이 어떻게 개인의 생각과 행동을 규정하는지에 대해 비판적으로 사고할 필요가 있다. 두 번째, 다양성과 차이를 인정하고 존중하는 태도가 얼마나 중요한지를 상기시킨다. 세 번째, 우리 자신의 생각과 행동이 어떻게 사회적 구조와 권력관계에 의해 형성되는지에 대해 성찰해야 한다.

푸코의 말은 우리가 현대 사회에서 마주하는 규범과 이데올로기에 대해 질문을 던지게 한다. 우리는 언제쯤 자신만의 길을 걸으며, 타인의 다양성을 인정하고 존중할 수 있을까? 이성에 기반한 사회의 규범에 도전하고, 언제쯤 자신만의 사상과 가치관을 가진 인간으로 살아갈 수 있을까?

푸코의 말은 우리에게 자신의 삶을 주체적으로 살아가고, 사회적 규범에 맹목적으로 순응하지 않으며, 타인과의 차이를 존중하는 삶의 방식을 모색하게 한다. 이는 우리 각자는 자신의 삶에서 영웅이 될 수 있으며, 이를 통해 사회에 새로운 길을 개척하는 선구자가 될 수 있다는 점을 시사한다.

"Why do you sacrifice your life for others?"

생텍쥐페리

힘든 순간에 누가 나를 위해 달려와줄까

"공동의 기억, 함께 겪은 시련, 다툼과 화해, 너그러운 감정
의 보물과 견줄 수 있는 것은 아무것도 없습니다. 아침에 도토
리를 심고 오후에 참나무 그늘에 앉기를 기대하는 것은 헛된
일입니다."　　　　　　　　　　　　　　　　　　－ 생텍쥐페리

오랜 시간을 거쳐 천천히 가꾼 인간관계는 그 어떤 것으로도
대체하기 어렵다. 잠시 눈을 감고 생각해 보자. 나는 힘든 순간에
누구에게 전화할 것인가. 누구에게 달려갈 것인가. 누가 나를 위
해 달려와 줄 것인가. 생각나는 사람이 있다면 당신은 참나무 같
은 친구를 둔 사람이다. 무릇 좋은 관계란 생텍쥐페리의 표현처
럼 시간과 과정을 정직하게 겪으며 자라나야 한다.

몇 년 전부터 "인맥 정리"라는 용어를 빈번하게 듣고 있다. 연
락을 주고받지 않거나 일련의 사건을 통해 의가 상하면 연락처
를 지우고 관계를 끊는 것을 말하는데, 사실 너무나 만연한 개념
이라 신조어라 부를 필요도 없다. 사람들은 왜 인맥을 정리하기
시작한 걸까. 참나무처럼 오랜 시간 자라야 하는 것이 관계임에

도 불구하고 왜 사람들은 정기적으로 인간관계를 정리하려고 하는 걸까.

이것에 대한 결론을 감히 단정 지을 수는 없을 것이다. 관계란 인생에서 가장 어려운 문제라고 역사적으로 언급될 만큼 복잡하고 난해한 영역이다. 사람들을 경악하게 만들었던 역사적 사건들도 모두 사람 사이의 이해관계 상충으로 일어나지 않았는가. 하지만 요즘 시대를 살펴보며 확실하게 언급할 수 있는 것이 하나 있다. 그건 바로 진짜와 가짜들이다. 그 어떤 시대보다 황금만능주의와 자본주의가 팽배하는 지금, 사람들은 다른 사람들의 등을 밟고 더 높은 곳으로 가려는 욕구를 가지고 있다. 그러니 멀쩡히 친구로 지내던 사람이 갑자기 나에게 무언가를 바라는 사람으로 변하고, 좋은 사람이라고 믿었던 사람이 금세 나에게 어떤 행동을 하도록 종용하지 않는가. 이 과정에서 많은 사람이 인간관계에 실망해 버린 것이다. 진짜와 가짜를 규명하는 기준은 각자 다르겠지만 한 가지는 분명하다. 그들은 모두 관계 안에서 짙은 실망을 경험했다.

2015년 SBS 드라마 〈별에서 온 그대〉에서도 비슷한 표현이 나오는데, 주인공 천송이는 이렇게 말했다.

"Why do you sacrifice your life for others?"

"내가 이번에 바닥을 치면서 기분 참 더러울 때가 많았는데, 한 가지 좋은 점이 있다. 사람이 딱 걸러져. 진짜 내 편과 내 편을 가장한 적! 인생에서 가끔 큰 시련이 오는 거, 한 번씩 진짜와 가짜를 걸러내라는 하느님이 주신 큰 기회가 아닌가 싶어."

어떤 사건으로 인맥이 정리될 때도 많지만, 내가 시련을 겪었을 때 진짜와 가짜가 진정 구별된다. 진짜와 가짜는 여전히 내 주변에 존재하며, 앞으로도 존재할 것이다. 그리고 그 '가짜 친구'는 지속해서 당신을 괴롭힐 것이다. 오죽하면 세상에서 가장 위험한 동물을 '가짜 친구'라고 하겠는가. 그러니 그들의 행동에 부디 휩쓸리지 않기를 바란다.

반대로 인맥 정리는 나를 보호하기 위한 건강한 조치로서 존재해야 하지 일종의 습성으로 자리 잡으면 진짜 친구까지 잃기 쉽다. 그것은 큰 재산을 잃는 것과 같다. 인생에서 발생하는 일련의 사건을 겪으며 농익어 가는 것이 바로 인간관계다. 단 한 번의 사건으로 마음이 상해 오래된 관계를 쉽게 절단하는 습관은 이쯤에서 그만둬야 하지 않을까. 따라서 건강한 관계를 위한 9가지 방법을 공개한다.

〈건강한 관계를 위한 9가지 방법〉

1. 모든 관계는 서로에 대한 이해도 0에서 시작한다.

   작은 불편감은 당연히 존재할 수밖에 없다.

2. 소통은 깊은 관계에 필수적이다.

   소통을 피하는 관계는 발전하지 않는다.

3. 신뢰는 모든 관계의 기초이다.

   신뢰를 구축하고 유지하는 것은 원래 오랜 시간이 걸린다.

4. 존중이 없다면 멀리 가지 못한다.

   서로의 차이를 인정하고 서로의 경계를 존중해야 한다.

5. 관계는 쌍방의 노력이 필요하다.

   한 사람만의 노력으로는 건강한 관계는 불가능하다.

6. 용서는 관계를 회복하는데 가장 강력한 도구다.

   기억해 둬라. 꼭 쓸데가 있을 것이다.

7. 감사하는 표현을 자주 해줘라.

   작은 것에 감사해하는 관계는 더욱 끈끈해진다.

8. 아닌 관계를 붙들고 있지 마라.

   잘라내야 하는 썩은 가지는 빨리 잘라내는 것이 답이다.

9. 진심을 담아라.

   바라는 것 없이 관계 그 자체 안에서 오롯이 존재하라.

"Why do you sacrifice your life for others?"

이 9가지 전제를 잘 기억해 두자. 당신이 건강한 인간관계를 맺을 수 있도록 돕는 튼튼한 기반이 되어줄 것이다. 그리 쉽진 않겠지만, 인간관계에서 마음이 들썩일 땐 반드시 '내게 옳은 결정'을 내려라. 신뢰와 존중을 기반으로 결정을 내리면 된다. 인간은 모두 사회적 동물로 태어났고 서로 간의 소통을 통해 자신의 존재를 확립하며 삶의 가치를 확장 시킨다. 당신의 삶도 마찬가지다. 나의 곁에 항상 존재한 사람이 있었기에 우리의 오늘이 있다. 만약 누군가가 떠오른다면 그에게 감사를 표현하자. 몇 마디 인사와 커피 한 잔이면 충분하다.

프란시스 베이컨
저 사람은 참 잘한다. 근데 나도 잘한다.

우리의 일상은 다양한 주제를 둘러싼 해석과 철학으로 가득 차 있다. 집에서, 카페에서, 그리고 메신저에서 수많은 주제로 대화를 나눈다. 다양한 대화 주제 중에서도 부에 대한 주제는 끊임없이 논의되는 주제다. 사람들은 어디서나 돈과 관련된 주제로 다양한 생각과 가치관을 드러낸다. 오늘은 돈 자체보다는 '돈을 둘러싼 인간의 결핍과 태도'에 초점을 맞추어 메시지를 전달하고자 한다.

"아는 것이 힘"이라는 말로 경험론을 창시한 프란시스 베이컨은 영국의 근대를 대표하는 철학자로서 관찰과 실험을 통해 얻은 지식의 힘을 믿었다. 그의 많은 이론 중에서도 인간의 부에 대한 태도를 다룬 말은 특히 한 번쯤 읽어 볼 만한 가치가 있다.

"부를 경멸하는 척하는 사람을 너무 믿지 말라. 부를 얻는 일에 절망한 사람이 부를 경멸한다."　　　　　　　－ 프란시스 베이컨

프란시스 베이컨은 이 문장을 통해 부에 대한 경멸은 자연스

럽게 생겨나는 것이 아니라, 개인이 겪은 실패와 절망으로 인해 비롯된다고 지적한다. 뒤집어 말해, 만약 그 사람이 부를 얻는 데 성공했다면, 그의 태도는 경멸이 아닌 부에 대한 희망과 사랑으로 가득 찼을지도 모른다는 것이다. 이러한 인식의 오류는 단순히 부에 대한 경멸에만 국한되지 않는다. 인간은 종종 자신이 얻지 못한 것을 필요 없거나 가치가 없는 것으로 여기는 경향이 있다. 이는 일종의 방어 기제로 이를 통해 자신의 실패를 정당화함으로써 무너져가는 자아를 보호하려고 한다. 이런 현상은 사회적 지위, 성취, 지식, 심지어 인간관계에 이르기까지 다양한 분야에서 나타난다.

예를 들어, 한 사람이 명문 대학에 입학하는 데 실패했다고 가정해 보자. 그 사람은 자신의 실패를 정당화하기 위해 '명문 대학의 교육이 그다지 중요하지 않다'라거나 '명문 대학을 나왔다고 반드시 성공하는 것은 아니다'와 같은 생각을 가질 수 있다. 이러한 태도는 상처받은 자존감을 치유하고, 실패에 대한 절망을 완화하는 데 일시적인 도움이 되지만, 장기적으로는 자기 발전의 기회를 제한하고, 현실에 대한 인식을 흐릴 위험이 있다. 오류가 담긴 생각을 기정사실로 하여 못을 박아 두니 분별력 있는 사고가 어려워지는 것이다. 이와 같은 상황이 과도해지면 다른 사람들의 성공을 경멸하고 비하하는 형태로도 나타난다. 타인이 이룬 성취를 필요 이상으로 깎아내림으로써, 자신의 상태를 합리화하는 것이다. 이는 마음 건강을 악화시키고 사회를 바라보는 관점을 비틀게 한다. 따라서, 우리는 이런 인지의 오류를 확실히 인식하고, 자신이 겪는 실패와 절망이 건강한 관점을 오염시키지 않도록 멘탈을 관리해야 한다. 모두가 알고 있다시피 사실적 관점에서 실패는 성장과 학습의 기회이다. 그렇기에 자신이 달성하지 못한 것에 대한 경멸이나 폄하는 접어두고, 우리는 그 과정에서 얻은 교훈과 경험을 상기해야 한다. 이를 통해 우리는 건강한 자아상을 구축하고, 타인의 성공을 진심으로 축하해 주며, 자신의 가능성 또한 최대한 발휘할 수 있게 된다.

마지막으로 최근에 읽은 인상적인 문장을 소개하며 글을 마무리하고 싶다. 비교에 대한 내용이지만 부러움, 질시를 우회적으로 표현하는 오늘의 주제와도 잘 어울리는 말이다.

"저 사람은 참 잘한다. 근데 나도 잘한다."

앞으로의 인생에서 원하는 곳에 가지 못하는 순간이 분명 올 것이다. 그때 당신을 찾아오는 손님을 경계하자. '어차피 난 안될 거였어, 어차피 난 필요 없어, 그래봤자 소용없어'라는 합리화가

"Why do you sacrifice your life for others?"

마음의 문 앞에서 노크를 하고 초인종을 눌러댈 것이다. 그때 꼭 기억하자. 나는 그저 내가 잘하는 것을 하면 된다고. 너도 잘하지만, 나도 잘하는 게 있다고 말하며 굽은 어깨를 펴길 바란다. 정말이지 당신은 당신이 잘하는 걸 하면 된다. 그것만으로도 충분하다.

버나드 쇼

인류에 대한 최대의 죄악은 무관심이다

철학적 관점에서 '관심과 무관심'은 인간 존재의 근본적인 내면을 탐구하고, 인간이 어떻게 관계 속에서 의미와 목적을 찾아가는지를 이해하는 데 중요한 역할을 한다. 관심은 타인과 깊은 연결과 나라는 존재의 의미를 구성하는 반면, 무관심은 이러한 연결과 구성의 결여를 나타낸다. 인간은 사회적 존재로서, 타인과의 관계 속에서 자신의 정체성을 확립하고 삶의 의미와 목적을 찾는다. 한 가정의 가장이 가족을 지키기 위해 일생을 바치는 것처럼 타인에 관한 관심은 한 개인에게 삶의 의미가 된다.

반면, 무관심은 이러한 연결이 없는 상태_{부재}를 의미하고 있으며, 타인을 통해 아무런 의미를 부여받지 못하는 상태라고 할 수 있다. 〈나와 너〉라는 관계론을 쓴 마르틴 부버는 인간관계를 '나-그것(I-It)'과 '나-너(I-Thou)' 두 가지 관계로 구분하며, '나-너' 관계에서 진정한 만남과 깊은 연결이 이루어진다고 말한다. 따라서 상대방을 하나의 독립된 존재로 인정하고, 그 존재와 깊은 대화를 나눌 때 진정으로 연결되며 삶의 기쁨을 느낀다.

관심과 무관심에 대하여 노벨 문학상을 수상한 아일랜드 비평가 버나드 쇼는 이러한 문장을 남겼다.

"인류에 대한 최대의 죄는 미움이 아니라 무관심이다. 그것은 비인간화의 극치다."   – 버나드 쇼

위 문장을 통해 우리는 미워하는 마음보다 더 비인간적인 행위가 바로 무관심임을 알 수 있다. 이런 무관심은 팬데믹 이후 많은 이들이 혼자만의 시간을 갖게 되면서 심화됐다. 오프라인으로 사람을 만날 수 없으니, 심리적으로 타인과 거리를 두려는 경향이 생겨난 것이다. 하지만, 이는 겉으로 보이는 현상일 뿐이다. 오프라인에서 감소해 버린 관심은 고스란히 온라인으로 가 사람들은 SNS를 통해 관심을 표출하고 있다. 게다가 익명성 뒤에 숨어 자유로운 발언까지 가능하니 관심을 향한 열망은 더욱 강력해졌다고 봐야 할 것이다. 중요한 질문은 이것이다.

'우리가 현재 갈망하는 관심은 진짜 관심인가?'

진정한 관심은 나와 타인을 연결해 준다. 진정한 관심은 배려와 존중으로 드러나며, 진정한 관심은 우리가 평소에 지나치고 있었던 것을 새로이 발견하게 한다. 진정한 관심은 타인의 성장에 이바지하며 자신도 함께 성장하는 것이며, 진정한 관심은 이

기주의적인 마음을 내려놓고 의미 있는 연결을 통해 의미 있는 삶으로 전진하는 것이다.

다시 한번 팬데믹 때를 떠올려 보자. 새로이 적응해야 하는 상황이 우리에게 닥쳤을 뿐, 인간의 본질이 바뀐 것은 아니다. 새로운 생활 방식이 생겼을 뿐, 사람의 본성이 달라지는 것 또한 아니다. 그렇기에 우리는 올바른 관심을 통해 관심에 대한 인식 오류를 교정하고 진정한 연결을 추구하며 건강한 관계를 만들어야 한다. 당신에게 진정한 관심을 통해 연결을 도모하는 5가지 방법을 소개한다.

1. 세상으로 나가라. 눈을 크게 뜨고 새로운 사람들을 만나 교류하고 부족한 건 그들로부터 배워라.
2. 기여를 통해 성장하는 것이 가장 빠른 성장이다.
3. 나 중심에서 남 중심으로 이동하지 말고, 우리 중심으로 관점을 이동시켜라. 함께할 때 우린 빈틈없는 성장을 경험할 수 있다.
4. 타인을 향한 관심과 더불어 나 자신을 향한 관심을 더욱 키워라. 나를 속속들이 꿰뚫어 알면 실수가 적어진다.
5. 동반성장이 가능한 사람을 찾아라. 장기적으로 함께 성장할 수 있는 사람을 발견하고 연대하는 것이 최고의 방법이다.

노자, 『도덕경』
무엇이든 전부 이룰 수 있는 단 하나의 방법

중학교 시절 국어 선생님은 수업 시간에 대뜸 목표가 무엇이든 전부 이룰 수 있는 단 하나의 비법을 알려주신다고 하셨다. 그리고 이 비법은 하루에 3초만 투자하면 될 만큼 간단하고 쉬운 것이라 하시며, 만약 틀릴 시 자신을 탓해도 좋다고 할 만큼 자신만만하셨다. 당시 수업을 듣던 우리는 그 말이 틀릴 시 선생님께 반박할 생각으로 귀를 기울였는데, 놀랍게도 그건 '1년간 매일 팔 굽혀 펴기 하나만 하는 것'이었다. 황당한 우리는 그런 걸 못하는 게 말이 되냐며 비웃었고, 선생님은 정말 그걸 해낼 시 자신을 찾아오라고 말씀하셨다.

그때부터 나와 반 친구들은 매일 팔 굽혀 펴기를 하기로 마음먹었다. 하지만 1년이 지났을 때 우리는 누구도 선생님을 찾아가지 못했다. 아니, 그 약속을 했다는 기억조차 까맣게 잊어버렸다. 물론 3~4일 정도는 열심히 했다. 어느 날은 하나 정도가 뭐가 어렵다는 거냐며 10개~20개를 하는 날도 있었다. 하지만 10~20일을 하진 못했다. 한참 후 사회생활을 하면서 나는 선생님이 말씀하신 말의 진정한 의미를 깨닫게 되었다. 처음 마음처럼 무언가 끝까지 해내는 것은 상상 이상으로 대단한 능력이었던 것이다.

도교의 창시자로 알려진 노자의 저서 『도덕경』에 이런 구절이 있다.

"세상 사람들의 일을 보아하니, 항상 거의 다 이루어질 듯하다가 실패한다. 끝 즈음에도 처음 시작할 때처럼 하면 실패하는 일이 적을 것이다."

　　　　　　　　　　　　　　　　　　　　　　　　　　　　　－ 노자

노자의 문장에 따르면 흔히 이야기하는 시작이 반이라는 표현은 분명 의미가 있다. 우리는 꾸준함이라는 성을 점령하기 위해 얼마나 많은 장애물을 건너고 있는가! 매일 무언가를 하기 위해 피곤함과 씨름하고 카카오톡 메시지, 유튜브, 음주와 같은 망각을 뚫고 무언가를 해내고 있는 당신이 얼마나 위대한 지 아마 모를 것이다.

오늘 하루 이 책을 펼친 당신도 같은 마음이지 않을까 싶다. 매일 아침저녁으로 30일 동안 꾸준히 책을 읽는 것은 결코 쉬운 일이 아니다. 읽는데, 10분도 걸리지 않지만 얼마나 많은 유혹을 뚫고 이 책을 펼쳐 들었는가. 누군가는 지하철에서, 누군가는 카페에서, 누군가는 침대에서 이 책을 읽고 있을 것이다. 이 글을 읽는 당신을 응원하고 또 칭찬하고 싶다. 많은 사람이 놓치고 있는 '꾸준함'이라는 단어를 우리는 지금 함께 정복하고 있다. 힘들다고 해서 쉽게 포기하지 말자. 이 과정을 겪어내면 우리는 시작의 기쁨이 아니라 과정의 기쁨과 끝맺음의 기쁨을 느낄 수 있다.

꾸준함은 곧 근육이다. 끝맺는 능력도 근육이다. 시작하는 능력도 근육이다. 우리가 비교적 힘들다고 느끼는 이유는 마치 뒤로 걸을 때의 어색함처럼 첫 도전, 첫 시도에서 오는 근육통일 뿐, 그 모든 것은 유쾌한 원동력으로 전환될 것이다. 아마 그 과정에서 시작의 횟수보다 끝맺음의 횟수가 현격히 적다는 걸 알게 될 것이다. 개의치 말자. 끝맺는 횟수가 중요한 것이 아니라 꾸준히 움직이고 있다는 것이 중요하다. 끝맺음의 기술 앞에서 요령이나 지름길은 없으며 오직 끝까지 걸어가야 하는 것만이 답이다.

우린 앞으로 어려운 도전을 시작하고 넘어지며 성취하게 될 것이다. 그러니 내 스승의 지혜를 잠시 빌려 자신에게 적용해 보자. 과하게 하지 말고 작은 것부터 하나씩 꾸준히 해내는 도전을 시작하자. 꼭 팔 굽혀 펴기가 아니어도 좋다. 1분 스트레칭도 좋고 이불 정리도 좋다. 무언가를 꾸준히 하는 힘을 쌓아 성취의 경험을 축적하고 끝맺음의 횟수를 차근히 늘려가 보자. 그렇게 전진하다 보면 노자의 말이 천천히 내 안에 녹아들기 시작할 것이다. 당신의 롱런을 위한 시작의 기술 십계명을 소개한다.

〈시작의 기술 십계명〉

1. 달성하고자 하는 목표를 명확히 설정한다.
2. 계획을 세우고 단계별로 실행한다.
3. 초심을 잃지 않고 꾸준히 노력한다.
4. 유연성을 가지고 변화에 대응한다.
5. 실패를 두려워하지 않고 배움의 기회로 삼는다.
6. 집중력을 유지하며 주의를 분산시키지 않는다.
7. 작은 성공을 축하하며 동기를 부여한다.
8. 자기반성을 통해 계속해서 개선한다.
9. 인내심을 가지고 결과를 서두르지 않는다.
10. 끝까지 포기하지 않는 나를 자랑스럽게 여긴다.

"Why do you sacrifice your life for others?"

에필로그

"인생은 이렇게 살아야만 해."

어릴 때부터 가까운 사람들에게 종종 들었던 말이다. 그래서인지 무의식적으로 정형화된 가치관이 내가 나아가야 할 길이라고 생각했다. 그러나 시간이 지나면 지날수록 이런 고정적인 관념과 시선은 나를 점점 옭아맸고 제법 오랜 시간을 스스로가 만든 암흑 속에서 살아왔다.

필사적으로 탈출해야만 했다. 마치 무너져 내리는 빌딩을 피해 전력으로 도망치는 사람처럼 기존에 가지고 있었던 습관과 습성을 모두 버리고 새로운 나를 형성해야만 했다. 어둠 속에서 나는 끊임없이 고심했다.

'내가 진정으로 원하는 삶은 무엇인가?'

어느덧 세월이 흘러 나는 서른을 훌쩍 넘긴 나이가 되었다. 나답지 못한 삶은 나를 지옥으로 침몰시킬 것을 알기에 앞으로의 10년을 위해 전의를 다져야만 했다. 그래서 미래의 나에게 질문을 던진다.

왜 당신은 다른 사람을 위해 살고 있는가

'나는 어떤 철학을 가지고 어떤 인생을 살아갈 것인가?'

누군가는 진부한 원칙이라 말하겠지만, 철학은 삶의 이정표이자 삶의 방향을 이끌어 주는 등대 역할을 한다. 나는 이 책에 잃어버린 삶을 다시 찾게 해 준 인생철학들을 꾹꾹 눌러 담았다. 당신이 인생을 창조해 나아가는 데 큰 도움을 줄 수 있게끔 훌륭한 지침서 역할을 수행할 것이며 지혜로운 생각과 슬기로운 행동을 할 수 있도록 전적으로 당신을 도울 것이다.

바람에 속절없이 흔들리는 갈대처럼 타인에 의해 좌지우지되는 삶을 살아가지 말자. 줏대와 무게감을 지니자.

"당신은 왜 아직도 다른 사람을 위해 살고 있는가?"

누군가가 나에게 묻는다면 나는 단호히 그렇지 않다고 말할 수 있다. 이 질문은 나에게 더 이상 해당하지 않는다. 지금은 타인의 말에 휘둘리지 않고 나만의 철학을 굳건히 정립하고 있다. 그리고 내가 바라는 삶의 방향을 나의 힘으로 결정하고 있다.

그렇게 꽃피운 결과가 바로 〈페이서스 코리아〉다. 페이서스 pacers의 뜻은 '함께 걷는 사람들'로 지치고 힘든 사람들을 향해 회복의 메시지를 보내는 브랜드다. 지난 2년간의 행보를 통해 죽는

"Why do you sacrifice your life for others?"

날까지 어떤 삶을 살고 싶은지 발견할 수 있었다. 페이서스를 통해 죽음을 떠올렸던 사람은 더 살아보기로 결정했고, 커리어가 멈췄던 사람은 새로운 직업을 찾았으며, 홀로 외로웠던 사람은 함께할 커뮤니티를 찾았다. 나는 더 많은 사람들을 위하여 꿋꿋하게 주어진 길을 걸어갈 것이다.

유감스럽지만 앞으로도 타인의 시선과 간섭은 끊이지 않을 것이다. 그러니 우리 함께 이 자리에서 결심하자. 더 이상 그런 것들에 휘둘리지 않기로. 나의 삶은 나의 것이며, 내가 정한 기준을 따라 살아야 한다. 우리 모두가 타인의 기대나 시선으로부터 자유로운 상태를 유지하며, 각자가 진정으로 원하는 삶을 살아갈 때 진정으로 바라는 삶이 열릴 수 있다고 나는 100% 확신한다. 이제 이 책의 마지막 페이지를 넘기며, 나는 당신에게 한 가지를 묻고 싶다.

'당신은 진정으로 원하는 삶을 살고 있는가?'

만약 그렇지 않다면, 이제 변화를 위한 첫걸음을 내디딜 때다. 타인의 기대와 시선에서 벗어나 자신만의 삶을 살아가기를 바란다. 당신의 삶이 당신의 것이 되길 바란다. 당신이 진정으로 원하는 삶을 살아가는 데 필요한 용기와 결심을 가지길 바란다.

명심하기를.

삶의 주인공은 지금 이 글을 읽고 있는 당신이다.

작가 고윤

"Why do you sacrifice your life for others?"

왜 당신은 다른 사람을 위해 살고 있는가

초판 발행 ｜ 2024년 03월 18일
50쇄 발행 ｜ 2024년 09월 24일

글 ｜ 고윤(페이서스코리아)

펴낸곳 ｜ Deep&Wide
발행인 ｜ 신하영 이현중
도서기획 ｜ 신하영 이현중
편집 ｜ 신하영 이현중
마케팅 ｜ 신하영 이현중 윤석표
주소 ｜ 서울특별시 마포구 성미산로1길 21 사울빌딩 302호
이메일 ｜ deepwidethink@naver.com
ISBN ｜ 979-11-91369-54-0

알베르 카뮈 / 나무위키

저희는 책에 관한 아이디어나 조언 그리고 원고 투고를 언제나 기다리고 있습니다.
deepwidethink@naver.com으로 당신의 아이디어를 보내주시고 출간의 꿈을 이루어 보시길
바랍니다.

당신도 멋진 작가가 될 수 있습니다.